OS CANTOS PERDIDOS DA ODISSEIA

ZACHARY MASON

Os cantos perdidos da Odisseia

Um romance

Tradução
Rubens Figueiredo

Companhia Das Letras

Grafia atualizada segundo o Acordo Ortográfico da Língua Portuguesa de 1990, que entrou em vigor no Brasil em 2009.

Título original
The lost books of the Odyssey: a novel

Capa
Victor Burton

Preparação
Ciça Caropreso

Revisão
Marise Leal
Adriana Cristina Bairrada

Dados Internacionais de Catalogação na Publicação (CIP)
(Câmara Brasileira do Livro, SP, Brasil)

Mason, Zachary
Os cantos perdidos da Odisseia : um romance / Zachary Mason ; tradução Rubens Figueiredo. — São Paulo : Companhia das Letras, 2011.

Título original: The lost books of the Odyssey: a novel.
ISBN 978-85-359-1955-4

1. Ficção grega 2. Odisseia (Mitologia grega) I. Título.

11-08993 CDD-889.3

Índice para catálogo sistemático:
1. Ficção : Literatura grega 889.3

[2011]
Todos os direitos desta edição reservados à
EDITORA SCHWARCZ LTDA.
Rua Bandeira Paulista 702 cj. 32
04532-002 — São Paulo — SP
Telefone (11) 3707-3500
Fax (11) 3707-3501
www.companhiadasletras.com.br
www.blogdacompanhia.com.br

Sumário

Prefácio

Apesar de sua complexidade, há um punhado de imagens que são centrais na *Odisseia* — naus negras arrastadas para uma praia branca, um ogro canibal que vigia a entrada de uma caverna, um homem que busca, num mar sem estradas, um lar que o esqueceu. Quase três mil anos atrás, uma ordenação particular dessas imagens se cristalizou na *Odisseia* tal como a conhecemos, mas antes disso o material homérico era informe, fluido, seus elementos se combinavam aleatoriamente em narrativas novas, como cartas num baralho. Ecos de outras *Odisseias* sobrevivem nos frisos helenísticos, nas urnas funerárias das ilhas Ciclades e num papiro pré-ptolomaico escavado nos montes de detritos ressecados de Oxirrinco; este último contém quarenta e duas variantes concisas da história de Odisseu, que omitem as conhecidas fórmulas do épico e em troca refinam um único tropo ou imagem até que ele alcance uma clareza extrema. Espero que esta tradução reflita a luz assombrada das ilhas mais antigas de Homero, onde os personagens familiares são dispostos, imóveis, em novos quadros vivos, mas logo se tornam inquietos, temperamentais — dão meia-volta, esquecem os próprios nomes, se mudam.

OS CANTOS PERDIDOS DA ODISSEIA

1. Uma revelação triste

Odisseu volta para Ítaca num barco pequeno num dia claro. A familiaridade da face leste da ilha parece absurda — desconcertado, ele segue por uma contracorrente traiçoeira, na qual fazia quinze anos que não pensava, e chega à terra através da boca de uma enseada onde nadava quando menino. Toda sua impaciência o abandona, senta-se ao pé de um carvalho de que se lembra e cujos galhos pendem sobre a água, muito bons para mergulhar. Vinte anos se passaram, reflete ele, o que importam mais uns poucos minutos? Uma hora transcorre em silêncio e lhe vem o pensamento de que está cansado e que seria melhor ir para casa, portanto apanha sua espada e caminha em direção à sua casa, seguro de que qualquer obstáculo que o aguarde será pequeno comparado com tudo aquilo que já enfrentou.

A casa parece igual ao que era quando a deixou. Percebe que o portão do aprisco das ovelhas foi consertado. Um fio de fumaça sobe da chaminé. Ele entra sorrateiramente, mão na espada, pensa em como seria ridículo vir de tão longe e perder tudo num momento de descuido.

Lá dentro, Penélope está em seu quarto e um velho cochila perto da lareira. Odisseu fica parado na porta por algum tempo, antes que Penélope o perceba ali e grite, largando sua lançadeira de tecer, e antes que respire fundo de novo e corra para abraçá-lo, beijá-lo e molhar as faces de Odisseu com suas lágrimas. Bem-vindo ao lar, diz ela com o rosto em seu peito.

O homem junto à lareira se levanta com ar possessivo, pateticamente preocupado e, num lampejo de intuição, Odisseu entende que aquele é o marido dela. A ideia é absurda — o homem é molenga, grisalho e pesado, não é um herói nem nunca foi, não teria sobrevivido nem uma hora sob a luz ofuscante à frente das muralhas de Troia. Olha para Penélope a fim de confirmar sua conjectura e nota como ela envelheceu — os quadris estão mais largos, o cabelo grisalho em sua maior parte, a pele em redor dos olhos riscada por rugas finas. Sem os olhos de satisfação com seu regresso ao lar, resta apenas um eco de sua beleza. Ela recua um passo de Odisseu, observa uma funda cicatriz em seu ombro e o espanto de Penélope e o temor do velho se tornam um espelho — ele se dá conta de que, com sua pele enegrecida, sua barba emaranhada, seu corpo magro e endurecido por anos de guerra, parece um vingador, uma alma penada, um lobo do mar.

Depois de recobrar a serenidade, Penélope coloca a mão no ombro dele e diz que é muito bem-vindo em sua sala, que é dele. Em seguida, seu rosto se desfaz em lágrimas e Penélope diz que não acreditava que ele fosse voltar, fora informada de que estava morto havia oito anos, tinha desistido havia muito tempo, tinha esperado o quanto fora capaz, mais tempo do que qualquer pessoa julgaria adequado.

Ele passara os dias de exílio imaginando diversas cenas de seu regresso ao lar, mas nunca lhe ocorrera que ela tivesse simplesmente desistido de esperar. A cidade deserta, sua casa assaltada por pretendentes violentos, Penélope à beira da morte, ou já morta e enterrada, mas não aquilo. “Uma viagem tão longa”, pensa ele, “e com tantos lugares onde eu poderia ter ficado, no caminho.”

Então, com misericórdia, vem a revelação. Odisseu se dá conta de que aquela não é Penélope. Aquela não é a sala dele. Aquela não é Ítaca — o que ele vê à sua frente é uma ilusão vingativa, o logro de algum deus malévolo. A Ítaca real está em outra parte, oculta em alguma extremidade dos caminhos do mar. Atordoado, Odisseu dá meia-volta e foge das sombras torturantes.

2. O outro assassino

Na Corte Imperial de Agamêmnom, o sereno, o altivo, o dissimulado e o preferido de toda parte do império, existiam três vizires, dez cônsules, vinte generais, trinta almirantes, cinquenta hierofantes, cem assassinos, oitocentos administradores de segundo grau, dois mil administradores de terceiro grau e inúmeros escrivães, soldados, cortesãos, sábios, pintores, músicos, mendigos, gatunos, incendiários, estranguladores, sicofantas e parasitas de espécies indeterminadas, todos a postos para fazer a vontade do radioso, sereno etc. imperador. Aconteceu que, no vigésimo ano de seu reinado, o cenho real de Agamêmnon ficou toldado ao pensar num certo Odisseu, que ele tinha na conta de alguém de fama excessiva por sua argúcia, quando ele mesmo preferia que fama e argúcia fossem atributos exclusivos do trono. Embora fosse verdade que aquele Odisseu havia feito certas contribuições à recente campanha, relativas à oferta enganosa de um cavalo que facilitara a entrada furtiva na cidadela inimiga, aquilo não justificava a infração das prerrogativas reais e, em todo caso, já fazia muito tempo que a guerra havia chegado a um desfecho satisfatório, assim Agamêmnon convocou o escrivão dos Suicidas, das Oferendas do Templo, das Investiduras, da Falência e da Humana e Justa Liquidação, e assinou o decreto de morte de Odisseu.

O escrivão dos Suicidas etc. fez uma reverência e, com a devida formalidade, passou o documento para o General que Guarda a Morte na Mão Direita, que o anotou, carimbou e entregou ao Vice-Rei dos Assuntos Domésticos Relativos à Mortalidade, e assim por diante, através dos numerosos desvios e sinuosidades da burocracia, pelas mãos de chefes de espiões, criminosos de carreira, assassinos cegos, clérigos mendazes e por fim os escalões mais baixos dos conselheiros, que tinham sido promovidos a certas responsabilidades por conta de sua dedicação e competência (qualidades raras em vista de seus honorários baixos e do desprezo com que eram tratados por seus superiores bem relacionados ou de origem nobre), um dos quais observou que se tratava de uma ordem de morte de alta prioridade e, sem ler, incumbiu de tal tarefa o senhor da guerra, e constante servidor do trono, Odisseu.

Um mensageiro chegou a Ítaca e entregou a Odisseu suas ordens. Odisseu leu o documento, de cara fechada, agradeceu ao mensageiro e comentou que a vítima em vista teria uma grande surpresa e que ele estava moralmente seguro de que nenhum problema surgiria em seu fim.

Durante os oito dias seguintes, Odisseu enviou as seguintes mensagens para a corte, conforme requeria o protocolo:

"Estou a um dia de barco da ilha dele."

"Estou andando entre pessoas que o conhecem e também conhecem seus hábitos."

"Estou a dezesseis quilômetros da casa dele."

"Oito quilômetros."

"Estou no portão dele."

"A lua cheia se reflete no espelho de prata acima da cama dele. O silêncio é completo, salvo por sua respiração."

"Estou parado diante da cama com um punhal tinto do sangue dele. Antes do corte, ele olhou para meu rosto e jurou trucidar o homem que ordenou sua morte. Creio que como uma sombra sussurrante ele não há de fazer mal nenhum."

3. O estranho

Naquela noite eu deveria ter sonhado com um pássaro branco que me sufocava e que se debateu até se desvencilhar e sair de dentro de minha garganta, depois sacudiu-se e voou para longe, deixando-me vazio e com ânsias de vômito. Mas na verdade não houve nenhum aviso e não tive sonho nenhum, acordei antes do raiar do dia para uma manhã semelhante a qualquer outra manhã na extensa costa de Troia, sozinho em minha tenda — o cheiro de fumaça de lenha, a luz da falsa alvorada, silhuetas de soldados que passavam na parede de lona.

Uma voz rouca perto de minha tenda sussurrou: "Odisseu, filho de Laerte, filho de Autólico, um inimigo implora uma palavra". Eu sabia como era fácil penetrar num acampamento inimigo, pois eu mesmo havia feito aquilo em inúmeras ocasiões e tinha dado aos troianos motivos de sobra para me odiarem, portanto me levantei e, silenciosamente, retirei minha espada da bainha. Havia um tom genuíno de ameaça em sua voz, portanto falei: "Entre e tenha sua palavra, inimigo".

Um homem desarmado introduziu-se em minha tenda. Parecia ao mesmo tempo confortável, surpreso e empenhado em se controlar para não olhar para trás sobre o ombro. Murmurou uma prece em voz baixa dirigida a Palas Atena, o que era incomum, posto que a deusa odeia os troianos e, pelas feições estreitas de meu visitante e por seu cabelo escuro, era óbvio que ele era daquela raça e daquela cidade. Falou: "Trago-lhe um presente de anfitrião, senhor. Um enigma... assim:

"Um: Quando eu era menino e estava em visita a meu avô, um homem de grande determinação, mas amplamente desdenhado, contou-me que o pai de seu pai tinha entre seus parentes tanto ursos como homens, isso nos tempos anteriores à chegada dos homens de cabelo vermelho. Embora o sangue esteja diluído, disse ele, a transformação às vezes ainda ocorre. Levou-me a uma clareira numa floresta escura, sacou de uma adaga com lâmina ondulada e cortou fundo em seus pulsos. Pensei que estava se matando diante de meus olhos e já ia correr para pedir socorro. Mas pelos irromperam de suas feridas e recobriram seus braços. Suas mãos tomaram o feitio de patas, com garras amarelas em forma de meia lua e suas íris ficaram verdes e espelhadas. A transformação cessou ali e ele logo voltou a ter a forma de um homem,* esgotado e descontente. Disse que um tio tivera o poder autêntico, mas quando jovem se havia retirado a fim de viver sozinho nas montanhas e nunca mais voltou, nem para fazer uma visita. E aquela era a razão, acrescentou, por que nossa

* Contos de licantropia são comuns entre os pelagianos, os habitantes pré-arianos da Grécia. Sua versão da doença era uma espécie de enfermidade de reis, sem nada de benigno, mas portadora de um certo sinal de descendência divina e do direito de reinar. A referência a cortar os próprios pulsos com o punhal é obscura — talvez tenha a ver com os cultos de mistério cujos celebrantes, pelo que se dizia, eram capazes de perfurar a própria pele sem derramar sangue. Outra interpretação é de que o avô está cortando sua humanidade a fim de revelar o animal que tem dentro de si.

família não é bem-vista nem respeitada, embora hoje em dia poucos se recordem de tudo isso.

"Dois: Fui caçar com meus primos quando mal podia ser chamado de adulto. Fiquei para trás do grupo de caça, me distraí por um momento e não ouvi a aproximação de um javali. Ergui minha lança e tentei arremessar, mas meus braços tinham perdido a força e o javali me feriu com suas presas. Meus primos acudiram de supetão pela mata e mataram o javali, mas eu já havia caído. Foi meu primeiro ferimento e chorei francamente, de dor, de surpresa e também porque pensei que o golpe me havia privado da virilidade, embora depois se tenha verificado que o ferimento não foi além da parte superior da coxa.

"Três: Existe uma habitante do Olimpo que me ama. A primeira vez que ela falou comigo, eu estava perdido no meio de uma neblina no canal de Zakintos.

"Quem sou eu?"

Respondi: "Você deve ser nada mais nada menos do que o famoso Odisseu, rei de Ítaca, ou seja, eu mesmo, pois todas essas coisas aconteceram comigo, embora eu nunca tenha falado sobre nenhuma delas. Porventura algum deus me espionou e sussurrou meus segredos em seu ouvido? Fale depressa, estranho".

Ele fitava meu rosto com atenção. Fechou os olhos e disse em voz morta: "Não estou fazendo nenhuma brincadeira com você e se algum deus fez isso foi sem meu conhecimento e sem minha aprovação. Pois eu também sou Odisseu, rei de Ítaca, e duas noites atrás peguei no sono naquela cama e na manhã seguinte acordei numa casa em Troia, tal como você me vê agora, um deles. Com outra esposa e outros filhos, que me chamam de Iapetus". Sentou-se de maneira pesada em minha cadeira de campanha. "Fingi-me de louco a fim de ganhar tempo e esconder minha confusão. Esta noite, escapuli da cidade deles para ver quem estava em minha tenda — foi estranho passar de forma tão despreocupada pelas sentinelas troianas. Tenho de admitir, você era a última pessoa que eu esperava encontrar aqui. Pensei que encontraria Iapetus, o troiano, ou algum desconhecido, e estava pronto a negociar alguma coisa, ou então a matá-lo, caso ele fosse desgraçar meu nome."

"Sua forma de encarar o assassinato tem o mérito da originalidade." Coloquei minha espada junto à sua garganta, pronta para o caso de ele fazer qualquer movimento. Eu já havia interrogado homens à ponta de espada anteriormente — muitas vezes vi dentro de seus olhos a convicção de que eles, heróis, não poderiam morrer em circunstâncias tão ignominiosas e também o propósito em embrião de inverter as posições e tomarem o meu lugar. Em tais momentos, eu os perfuro na grande artéria que passa no pescoço, o mesmo golpe que uso para matar porcos no matadouro nos fundos de casa (é uma morte calma, a vida se esvai delicadamente em poucos minutos, morte agradável em comparação com outras). "Vamos supor que eu estou em Ítaca e quero levar minha cama para a sala grande. O que acontece? Responda depressa, ou vou mandá-lo de volta para Troia." Se o vento por acaso soprar suas cinzas naquela direção, acrescentei mentalmente.

"A cama está construída em torno de um pé de oliveira que emerge do chão e atravessa o teto. Eu mesmo construí a cama, comecei o trabalho um dia depois do casamento", disse ele, abrindo os olhos. "No segundo dia, esmaguei meu polegar com o martelo."

"O que eu estava pensando durante a chuva antes do grande assalto contra Troia no último inverno?"

"Eu estava observando os rapazes se vestindo para a batalha e pensei no meu próprio Telêmaco, que está quase na idade própria para empunhar armas."

Baixei a espada. O estranho ganhou um aspecto infeliz. Distraído, puxou o jarro de água que mantenho sempre embaixo da cama e bebeu.

"E agora?", perguntou ele. "Vejo que minha vida foi ocupada. Não fiz nenhum plano para tal situação. Não consigo imaginar um plano. De fato, estou exilado de minha própria vida. Antes não tivesse vindo."

A autopiedade me cansa. "O que sei é o seguinte. Eu tenho minha vida e você tem a sua, embora seja nova para você. Vou continuar a lutar do lado de Agamêmnon, o tolo, cuja vaidade encheu de terra a boca de mil homens. Faça o que preferir. Não tem os meus direitos e não está preso pelos meus juramentos. Vá e lute por Troia, se lhe agrada — você conhece nossos planos, poderia romper nossas linhas e levar a guerra a um rápido desfecho", falei, enquanto a esperança aumentava dentro de mim.

Ele balançou a cabeça. "Matei troianos demais para mudar de lado. E embora eu pudesse massacrar os gregos e granjear fama, seria um traidor no fundo do coração. Não. E não posso me unir aos gregos e ser um vira-casaca anônimo. Deixei Troia hoje. Vou encontrar algum lugar onde possa desencavar com a minha espada alguma propriedade, alguma filha de barão para casar."

Dei-lhe um saco de comida, outro saco de ouro, as armas e uma armadura que havia tomado de um herói troiano morto. Agradeceu-me educadamente, mas pareceu ansioso para ir embora. Desejei-lhe boa sorte e lhe disse que, entre nós dois, eu achava que ele, livre de necessidades, era o mais feliz.

No devido tempo, Troia caiu, foi saqueada e as ruas e os altares ficaram coalhados de mortos. Obtive muitas honrarias e minha cota de despojos. Entre outros tesouros, parti com um uma jovem e bela escrava chamada Irina, que havia servido na casa de Iapetus. Entreouvi a jovem conversar com outras moças sobre tempos atrás, quando seu dono de então enlouquecera. Ele passou a falar com um sotaque estranho e nem olhava para a esposa e os filhos. Por várias semanas, repudiou os companheiros e os passatempos de costume e passava os dias caminhando pelas ameias das muralhas, olhando para os gregos. Um dia, chegou em casa à primeira luz do sol trazendo um saco de ouro e uma armadura que havia pertencido a Sarpedon, que morrera em batalha. Naquela tarde, pegou alguns homens, todo seu ouro e fugiu para sempre. O mais estranho, disse Irina, é que pouco antes de ele partir ela o surpreendeu fazendo um talho na própria coxa com um punhal — parecia um escultor, dedicando-se ao corte com todo o capricho. Eu estava preocupado com os preparativos da viagem para casa e só consagrei um momento para lamentar as vítimas dos chamados estratagemas de Iapetus.

Após muitos anos e trabalhos árduos, cheguei às praias de Ítaca cheio de cautela. Todos meus homens tinham se afogado, minhas naus se afundaram e meus tesouros se espalharam pela superfície do mar. Eu estava preparado para toda sorte de perfídia ou infâmia, mas encontrei o reino em boa ordem, ao que tudo indicava. As estradas tinham sido reparadas, os camponeses estavam alegres e havia muitas naus altas espalhadas no porto, com velas brancas. Perguntei a um marinheiro quem era o rei ali e ele disse que Odisseu era o rei de Ítaca, é claro. Fui ao baluarte de minha família e me apresentei ao castelão como um soldado errante e um cantor, em busca de um abrigo, mas não por um tempo longo demais — eu tinha ouvido dizer que Ítaca era próspera e pensara em tentar a sorte ali. Fui conduzido com toda a cortesia para um salão e lá estava Penélope, idosa, mas ainda bela, e sentado a seu lado, em meu próprio trono, estava Iapetus, o troiano, barbado e bronzeado de sol, porém ainda um estrangeiro, um forasteiro, em nada semelhante a mim. A mão de Penélope pousou sobre a mão dele. Telêmaco estava sentado numa ala lateral e me observava com uma cordialidade altiva. O rei, o suposto Odisseu, ergueu-se e por baixo de sua túnica curta entrevi uma cicatriz branca em sua coxa, exatamente no local onde o javali me havia atacado. Ele disse: "Bem-vindo, estranho. Embora se apresente com uma fala humilde, seu porte me causa impressão — obviamente é um homem do melhor sangue e tem os ares de um chefe militar. De fato, você parece ter sido um rei algum dia. Infelizmente os tempos são de paz e não existe tanto apelo à coragem como quando eu era jovem — não preciso mais de homens armados e já tenho tocadores de lira suficientes. Todavia você não irá embora sem uma refeição, um saco de ouro e uma armadura completa. Fale com louvor de mim e de Ítaca, quando a fortuna levá-lo a outras terras. Às vezes minha mente irá se voltar para você, enquanto cumpro minhas tarefas aqui — entre nós dois, acho que você, livre de necessidades, é o mais feliz".

4. Amigo hóspede

Alcínoo, rei da Feácia, e Odisseu, o errante, o eloquente, o língua de prata, caminhavam por trilhas na mata no alto de penhascos à beira do mar, o que propiciava relances do porto, da cidade ao longe e das ondas coroadas por espumas brancas, o tipo de lugar que um homem perdido nos caminhos labirínticos do mar e que a malícia de deuses banais poderiam sonhar. Alcínoo disse:

> Entre os feácios, acredita-se que todo homem vive sua vida como personagem de uma história contada por outra pessoa. A família e a cidade do contador de histórias (ou possíveis contadores) de cada pessoa são ignoradas e talvez impossíveis de serem conhecidas, mas são objeto de frequente especulação. Certos filósofos são de opinião de que a evolução da história pode vir a revelar o caráter nacional dos contadores. Passou a ser aceito de maneira mais ou menos ampla (com base nos danos irregulares causados por gafanhotos, na propensão dos reis feácios para desposar mu-

lheres de cabelos puxados para trás, de olhos verdes e pavio curto, na nossa excelência no manejo do arco e flecha, na constância dos sonhos de palácios cavernosos esculpidos na rocha viva de montanhas redondas e baixas) que os contadores de histórias são nativos da Frígia, ou da Sogdiana, ou da remota Bamian. Enviamos mensageiros para esses reinos e até para reinos ainda mais remotos, mas não descobriram nada. A única coisa com que todos os feácios concordam é que não se sabe o bastante para fazer suposições sobre o nome do contador de histórias.

Odisseu respondeu:

Sábio rei da terra mais feliz que já vi, não é melhor viver sua vida cercada de muitos favores sem nunca ter conhecimento do nome do contador de histórias? Enquanto ele estiver distante, for uma voz distante, uma abstração, você é o senhor de sua vida e de suas terras, e todas as coisas são possíveis para você. Mas uma vez que tenha visto o rosto dele e avaliado suas medidas, então as possibilidades infinitas, sempre uma ilusão, vão dissolver-se, e sua vida vai se revelar como a pobre invenção de uma mente limitada, de escassa inspiração.

E o que acontecerá se, ao ver seu reino, belo além de toda comparação, ele ficar satisfeito e cair em silêncio? Talvez para ele baste terminar com uma ilha dourada num oceano distante, onde um rei e um marujo lançados à costa pelas tormentas passeiam sob o ar do entardecer.

Alcínoo olhou para o oceano e disse:

Quando a história de um feácio termina, ele não morre,

mas vai representar outro papel numa outra história contada pelo mesmo contador de histórias. Desse modo se explicam as mudanças de estado, endêmicas à vida feácia. Todos naquela cidade têm um ancestral na família real há não menos de quatro gerações e todos se consideram um príncipe que aguarda sua hora — da mesma forma, todos têm um tio-avô ou uma tia-avó que deve ficar confinado no sótão.

Ademais, as lealdades mudam na Feácia tão rapidamente quanto a maré, e existe um caminho muito trilhado que leva da sala do trono à masmorra. A morte, por fim, vem em geral ao cair da noite, quando algo no contador de história se apaga para sempre e seus olhos, no meio de sua história, se fixam no horizonte e ele se afasta devagar e em silêncio, sem pensar em nada. Por essa razão, os feácios consideram o silêncio um ato de bondade, tão sagrado como um amigo hóspede, uma concessão de repouso para um estranho que vem de longe.

Odisseu mirou o homem à sua esquerda e respondeu:

Se você dá as boas-vindas para a morte, está francamente louco.

A trilha se bifurcava — campos e rios ficavam à esquerda e à direita, para onde Alcínoo os conduziu, havia pomares e matas acima do mar. Alcínoo disse:

A morte não é importante. Mesmo com a doçura do cair da noite, o porto cheio de minhas naus, o farol nas janelas do palácio, eu teria vivido o bastante, teria compreendido a forma de minha vida, se pudesse encontrar o contador de histórias e conhecê-lo.

E apesar dos fracassos de meus agentes em terras distantes, a esperança não está de todo morta. Certos sábios preconizam que, na vastidão oceânica do tempo, o mar há de trazê-lo para nossas praias.

A noite havia caído na Feácia e, embora ainda pudessem enxergar uma luz sobre a água e também as conchas brancas trituradas na trilha que percorriam, eles mesmos haviam se tornado indistintos, um par de silhuetas mergulhadas a fundo num debate, sob as sombras azuis do crepúsculo. Chegaram a um pomar de macieiras onde vaga-lumes piscavam em meio aos ramos que murmuravam sob o vento e Odisseu falou:

> Permita que eu conte uma história, Majestade. Numa ilha distante, um rei que compartilha a mesma ambição que a sua caminha por uma trilha coberta de conchas trituradas, ao lado de um homem errante de olhos cinzentos que o mar trouxe à praia. O errante fala muito bem e é repleto de ideias inventivas — o rei se pergunta se não será aquele o contador de histórias que ele tanto deseja encontrar. Quando a noite cai, ilha e oceano se tornam indistintos — naus se tornam como ondas, torres como penhascos e árvores como fantasmas. O par amigável chega a um pomar, já um tanto velado pela escuridão. O errante, que por trás de suas maneiras brandas e educadas tem a mente cheia de rapina e cujo nome andou nos lábios de inúmeros nobres na hora em que suas bocas se enchiam de sangue, se deixa ficar alguns passos atrás do soberano, enquanto mantém um fluxo constante de palavras a fim de confortar e distrair, pois percebe pontas de flecha cintilando entre as macieiras e ouve o rangido de arcos puxados lentamente. Esperava que o rei confirmasse suas suspeitas e agora os meios estão

claros: arqueiros estão à espreita do par, com ordens para matar o companheiro de seu rei — se ele for o contador de histórias, não morrerá em sua própria história e desse modo será desmascarado. E se for apenas um homem, bem, ninguém precisa saber que um anônimo de barba grisalha, muito longe de sua terra, foi morto à traição.

Odisseu fez uma pausa. O crepúsculo ficara mais escuro e o pomar balançava sob as rajadas de vento que tornavam seus passos inaudíveis. Quando o vento amainou, ele prosseguiu:

> Ouça o rufar das asas dos pássaros, Majestade, tão perto de nós. Eles estão nos avisando que os deuses nos enviam mensagens em seu voo.
> Continuando. O errante, a despeito de todos seus outros atributos, é econômico nos meios que emprega. Permanece em silêncio por um momento e passa para a esquerda do rei. Quando fazem uma curva na estrada, os arqueiros veem suas duas sombras e disparam ao mesmo tempo em quem está à esquerda deles, na direção em que, embora não o conheçam, se encontra aquele que acreditam ser seu senhor e que agora eu descubro tombou atrás de mim, talvez distraído pela passagem murmurante dos pássaros noturnos, e agora vou saindo do pomar sozinho, enquanto a noite engole o último sol e eu conto esta história a mim mesmo, muito serenamente.

5. Agamêmnon e a palavra

Agamêmnon queria uma fortaleza na vasta planície à frente das muralhas de Troia, mas não havia nenhum material para usar na construção, senão umas poucas árvores e uma infinita quantidade de areia. Portanto (por sugestão de Odisseu), os gregos escavaram a imagem em negativo de um palácio na planície branca, um dédalo enovelado onde cascatas de grãos finos escorriam ao infinito pelas muralhas e também por dentro de corredores sutis, escorados de forma irregular pela alvenaria. Era uma casa desconfortável, mas Agamêmnon disse duas coisas acerca de sua nova capital: que ela não estava plenamente em conformidade com a dignidade de seus ancestrais, mas talvez fosse adequada para um rei em guerra, e também que, caso ele não conseguisse tomar Troia, pelo menos seu túmulo já estaria construído a seu redor.

No centro do palácio, Agamêmnon sentava-se com toda a pompa em um trono de granito, numa câmara escorada pelo cavername de uma embarcação naufragada. Em volta dele, estavam generais, astrólogos, sábios, polímatas, sacerdotes e oiromantes, todos enchiam os ouvidos do rei com seus murmúrios. Desse modo, a corte funcionava de maneira muito parecida com o que era em Micena, salvo pelos frequentes desmoronamentos do subsolo e deslizamentos de areia que de súbito suprimiam quartos, cortesãos, arsenais, armeiros, compositores de elegias e saídas. Segundo a sabedoria dos geomantes da corte, considerava-se ímpio escavar qualquer aposento ou túnel desmoronado, um pecado equivalente a violar um túmulo, assim quando havia necessidade de mais espaço os mineiros atacavam o solo virgem. Por conseguinte, o palácio subterrâneo se expandia à imagem de um dendrito, disparando ramificações novas em todas as direções, por vezes ao encontro de aquíferos insuspeitados ou a estratos de rocha dura, e contornavam tais obstáculos com a tenacidade de formigas.

Certa noite uma nuvem negra de desolação baixou sobre Agamêmnon e ele se afundou em reflexões soturnas acerca da aparente perfeição de sua ignorância, exemplificada por seu fracasso em capturar uma única cidade durante anos de sítio, embora tivesse a seu dispor dez vezes mais homens do que o inimigo e heróis semelhantes a deuses se apressassem a cumprir seus decretos. O fracasso de seu conhecimento, refletiu, se estendia para além da estratégia militar e abarcava o mundo inteiro, alcançava até o nome de seus servos, a topografia de seu palácio e a história da espada que pendia ao lado de sua cintura. Agamêmnon reuniu seus homens mais sábios, Nestor, Palamedes e o engenhoso Odisseu, e incumbiu-os de escrever para ele um livro que, de modo claro e direto, explicasse tudo o que existe debaixo do sol, e até penetrasse em todos os mistérios que se escondem sob a terra, os nomes verdadeiros de todos os seres vivos, o número de grãos de areia de Trôade, as histórias secretas dos deuses e os futuros tumultuosos das estrelas, tudo escrito com apuro em não mais de mil páginas.

Os conselheiros deliberaram em voz baixa, fora do alcance dos ouvidos do rei, falaram sobre o estado mental do rei e de sua vaidade, sobre o interesse intrínseco da missão, se o mandante da tarefa seria capaz de reconhecer uma solução, e por fim se o tempo de vida de todos eles somado seria o suficiente para redigir o livro requerido. Por fim, voltaram-se para o trono, curvaram-se todos a um só tempo numa reverência e disseram que o fariam. Naquela noite, partiram de Troia seguidos por escribas e por carroças repletas de ouro, com a promessa de retornarem assim que tivesse chegado a hora de voltar.

Quando voltaram, a barba do rei tinha ficado grisalha e seus braços e pernas estavam recurvados como velhos ramos de carvalho. O palácio estava mais profundo do que na época em que os sábios haviam partido, pois inundações e acomodações da areia do solo tinham enterrado a primeira camada de túneis e outros novos haviam sido escavados nos estratos superiores, e os remanescentes das camadas antigas foram relegados à função de depósitos, masmorras e passagens secretas para ladrões. Quanto a Troia, ao cair da noite fogueiras fumegavam e estalavam no alto de suas torres e quando fazia lua cheia os sons de uma feira noturna deslizavam por suas muralhas. Do telhado do palácio de Agamêmnon, podiam-se discernir as lanternas dos mercadores de safira e de esmeralda, oscilando como vaga-lumes distantes num vento que trazia o aroma de cardamomo e de canela.

Os três sábios curvaram-se numa reverência diante de seu soberano e, com um gesto floreado, apresentaram um livro grosso, encapado em prata escurecida, que continha mil páginas grossas e densamente redigidas. Quando aberto, o livro exalou um bafejo semelhante ao de um ferro quente numa forja em pleno inverno. Entre muitas outras coisas, Agamêmnon lê:

A história de seus ancestrais, os atridas.

Os planos detalhados do castelo do mais alto pico do monte

Olimpo e que acontecimento doloroso vai se desenrolar ali no dia em que as engrenagens do mundo estremecerem, vacilarem e começarem sua lenta desaceleração.

A matemática subjacente à população de harenques no mar, a evolução das estrelas e o estilo da esgrima de uma certa seita de mestres sicilianos pouco conhecida e como essas coisas díspares são secretamente governadas por uma única ideia.

Um levantamento das numerosas camadas que formam a Terra e das correntes e do horário das marés de seus vastos oceanos de magma.

Um léxico da linguagem oculta das cidades, em que os prédios são nomes, os habitantes são verbos e os espaços vazios são adjetivos, numa narrativa que se modifica ao infinito.

A teoria da guerra de um certo general Sun, com base em modernos princípios científicos.

A bisbilhotice e as propensões obscenas de todos os números inteiros, de zero até o maior número concebido pelo homem.

... e muitos e muitos mais tópicos além desses. Impossível adaptar tamanha riqueza de conhecimentos ao espaço de meras mil páginas (mesmo com letras do tamanho dos grãos da areia branca e ubíqua), por isso os sábios fizeram o livro de modo que pudesse ser lido de forma diferente mas lógica, tanto de trás para a frente como de frente para trás, tanto de cima para baixo como de baixo para cima, contanto que se saltasse uma palavra sim e uma palavra não, e contanto que de três em três letras se ignorasse uma delas, e assim por diante.

Agamêmnon leu até suas pálpebras ficarem pesadas e seu queixo afundar no peito. Teve um sobressalto, ergueu a cabeça e fechou o livro com uma batida forte. Os sábios esperaram em silêncio o que lhes era devido.

"Não é isso. Não é nada disso", falou o rei. "Eu queria um livro que me desse alguma compreensão, e não este arquivo de prodígios e de analogias, esta enciclopédia de enciclopédias ardilosamente embutida em um milênio de páginas. Estou muito desapontado. No entanto não vou puni-los por seu fracasso, em parte porque vejo em seus rostos que sinceramente pensaram ter feito o melhor e, de todo modo, não tenho à mão conselheiros melhores do que vocês. Assim vou lhes dar outra oportunidade, e desta vez tornarei minhas ordens extremamente simples. Descubram a frase, uma única frase, que contenha a soma de toda a sabedoria." Os sábios curvaram-se numa reverência e se retiraram, deixando o palácio com arcas de joias e na companhia de homens armados.

Ficaram longe por um tempo muito longo. Quando voltaram, Troia tinha sido abandonada, suas muralhas manchadas de musgo estavam desgastadas como a encosta de uma montanha, os vultos dos restos enferrujados das máquinas de guerra deterioradas em seus parapeitos entre os esqueletos andrajosos de oficinas. Os andares do palácio grego se haviam multiplicado, se haviam aprofundado — agora ele se assemelhava a um vasto castelo em posição invertida, as torres e as ameias pairavam nas profundezas do solo. De vez em quando, um setor se separava do conjunto por força de um deslizamento de terra e, até os mineiros conseguirem religá-lo aos domínios do rei, vivia com leis próprias e cunhava as próprias moedas. Os anos tinham tornado Agamêmnon duro e astuto, retirando dele tudo o que havia de paciente e de humano. Palamedes, que superava até Odisseu em enxergar o funcionamento interno das coisas, aproximou-se de Agamêmnon e lhe deu de presente uma adaga envolta num pano vermelho. O rei sacou a espada espelhada de dois fios e em ambas as faces leu: "E isto também há de passar".

Por um longo tempo o rei pensou a fundo e pareceu quase sorrir. "Isto está melhor. Aqui há um conforto para o sofrimento e uma advertência para a alegria. Mas... mesmo isto ainda não é o bastante. Deixei espaço demais para interpretação e erro, assim vou reformular a missão pela última vez. Tragam-me tudo, os céus, suas nuvens e a chuva que cai nos oceanos e todos os grãos de areia em todas as praias, todas as formigas que rastejam numa pedra e todos os deuses em sua glória, tudo em uma só palavra." Sem mostrar nenhuma surpresa, os conselheiros se dispersaram mais uma vez. Dessa feita, cada um tomou uma direção diferente, a partir de Troia, e não levou nada consigo, senão o manto que portava nas costas.

As estações do ano iam e vinham com uma pressa indecorosa e, afinal, Odisseu voltou sozinho. Troia era uma lembrança e o palácio uma espécie de loucura à qual os cartógrafos eram suscetíveis. Odisseu segurou a garra esquelética e cor de osso do rei e enfiou num dedo um anel de prata com uma pedra preciosa azul incrustada, da cor do céu do ocidente quando um dia termina. "Olhe dentro dessa pedra preciosa, senhor. Aí está a sua palavra." Agamêmnon olhou, mas o que ele fez da palavra não ficou registrado, porque instantes depois tombou para a frente, enfim morto o tirano interminável. Tampouco ficou registrado se Odisseu havia envenenado o anel ou se o rei tinha descoberto a palavra e aquilo bastava.

6. Elegia de Penélope

Odisseu pôs os pés em Ítaca trêmulo de ira, sua lança a postos para voar através do coração do primeiro homem insensato o bastante para cruzar seu caminho. Sem encontrar resistência, alcançou o salão superior, onde em vez de inimigos encontrou seus parentes, que se viraram para fitá-lo com olhos arregalados e com exclamações de surpresa — primeiro ele pensou que era um grito de guerra e por pouco não os trucidou ali mesmo. Atraíram-no para junto de si, tocaram-no e louvaram-no, todos espantados c exultantes, exceto Penélope (cujo rosto tinha sido a matéria para as formas dos sonhos de Odisseu) que, quase sem traços de envelhecimento e estranhamente sossegada, demorava-se sozinha atrás da multidão. Odisseu abriu caminho até ela e estendeu a mão para tocar seu rosto, mas Penélope se esquivou e a multidão desviou os olhos, subitamente silenciosa, e Odisseu se deu conta de que ele havia cometido uma gafe. No dia seguinte, mostraram-lhe a sepultura de Penélope. Durante o resto do tempo que passou em Ítaca, Odisseu evitou olhar para Penélope, enquanto ela permanecia em sua casa fitando as janelas e deslizando os dedos pensativamente sobre objetos familiares. Odisseu controlou seu desejo de agarrar suas pernas, beijar suas coxas e suas mãos, pois sabia que ela se tornaria cinzas e sombras assim que ele a tocasse, e nada existe de mais vergonhoso do que admitir a presença dos mortos.

7. Bacantes

Quando a costa troiana afundou atrás da linha do horizonte, pensei no que eu iria fazer em seguida. Havia a sensação de que devíamos voltar direto para Ítaca, mas resolvi que tomaríamos o caminho mais longo para voltar e viveríamos de saques e pilhagens, até avistarmos nosso próprio porto — tínhamos uma frota de cinco naus, todos estávamos ágeis e rijos pelos anos de guerra e, subjugadas pelo pasmo, as milícias de camponios das cidades costeiras não tinham a menor chance de nos opor resistência.

Atacávamos à noite, de preferência. Pusemos em chamas muitas cidades, atravessamos em nossas lanças homens em roupas de dormir, que tombavam tentando segurar as tripas nas mãos, e abarrotamos nossos porões de prata roubada. Atacávamos e seguíamos viagem em nossas naus, tentando nos manter à frente de nossa reputação, mas nada viaja mais depressa do que as más notícias, e chegou o dia em que deparamos com homens soturnos e armados que patrulhavam as muralhas da cidade escolhida por nós. De todo modo, não haveria espaço a bordo para sequer mais uma trípode, portanto havia chegado a hora de rumarmos para casa.

Já era quase inverno, o final da temporada de navegação, e neblinas cinzentas e desfeitas em flocos recobriam o mar. Poderíamos facilmente encontrar uma ilha em alguma parte, em algum ponto fora dos caminhos, de visitação improvável, e poderíamos passar o inverno ali, pescando e deixando que o ócio embotasse nosso corte afiado, mas estávamos cansados de nossa própria companhia e de nossas desregradas existências de tempo de guerra e assim decidimos não esperar mais. Teríamos preferido navegar com o litoral à vista, mas temíamos que embarcações bem armadas viessem em nosso encalço para vingar-se, portanto tomamos o caminho reto mar adentro. Havia muitos velhos marujos em minha tripulação e nenhum deles jamais fizera uma travessia do Mar do Meio em mar aberto, mas eu escarnecia das adversidades e quis arriscar.

Os dias se arrastavam, durações indistintas de névoas e de cristas espumosas. Mantivemos o curso da melhor forma que podíamos, calculando nossa posição sem observar as estrelas, e o sol e a lua raramente transpareciam — e quando o faziam meus companheiros e eu nos agarrávamos àquela oportunidade e procedíamos a nossos cálculos, porém nossas contas nunca estavam de acordo umas com as outras. Certa noite, três naus desapareceram e não foram encontradas, por mais que gritássemos para a brancura, todavia aquilo não tinha grande importância, pensei, pois eles conseguiriam encontrar sozinhos seu caminho para casa.

No sétimo dia da jornada, o vigia gritou (sua voz desencarnada desceu voando do cesto da gávea envolto pela névoa) que avistara luzes alaranjadas flutuando no alto, à nossa frente. Altas demais para serem de um barco. A neblina se deslocou e do tombadilho avistamos as luzes, os clarões brilhantes que oscilavam acima de nós. Era difícil decidir se era a barreira de nuvens ou as luzes mesmas que se deslocavam. Os marujos mais supersticiosos invocaram Hermes dos Viajantes e fizeram o sinal contra mau olhado. Notei que havia um intervalo idêntico entre as luzes e que suas linhas pareciam aproximadamente formar um retângulo, e falei para os homens se alegrarem, pois estávamos olhando ou para as janelas de uma casa no alto do morro de uma ilha ou para alguns fantasmas extraordinariamente simétricos. Minutos depois, chegamos à costa, funda e rochosa e coberta de pinheiros baixos e retorcidos. Havia uma angra e dentro dela um ancoradouro pequeno e perfeito. Ocorreu-me não parar ali — tínhamos tesouros e suprimentos bastantes para chegar até em casa, mesmo se vagássemos até a primavera, portanto para que procurar problemas? Todavia, em face da iminente realidade da volta ao lar e da reconversão de guerreiros à condição de maridos, filhos e cidadãos, a tripulação se viu resolvida a tirar umas férias. Com relutância, permiti que atracassem e os acompanhei quando desembarcaram aos pulos, de espadas em punho.

A ilha era pequena, mas muito íngreme, de fato apenas uma pequena montanha que se erguia do mar, seus flancos recobertos por um emaranhado gotejante de pinheiros perfumados. Uma única trilha subia em zigue-zague, com degraus talhados na rocha e iluminada por lampiões de papel intervalados como marcos de orientação, de modo que ao chegar a um deles o próximo já se mostrava visível em meio à neblina. Galgamos a trilha cheios de incerteza. No alto, saímos numa clareira diante de uma casa de telhado alto e de porta aberta. Janelas com espaços regulares entre uma e outra brilhavam com a luz de um fogo. Quando olhamos em volta hesitantes, tocados pela beleza da casa, sem saber se éramos piratas, peregrinos ou viajantes de passagem, a senhora da casa saiu pela porta e nos saudou com uma cordialidade e um domínio de si que eram impressionantes à luz do espetáculo selvagem que nosso aspecto devia representar. Quando faço um retrospecto, aquilo deveria ter servido de aviso. Ela disse que éramos bem-vindos à sua ilha, Aiaia — ela e suas mulheres raramente recebiam visitantes e ficariam felizes de nos oferecer sua pobre hospitalidade. Desconcèrtados, os homens embainharam suas armas com pantomimas de modéstia e adentraram seu salão, dóceis sob o sorriso dominador da mulher. As criadas da senhora surgiram a fim de nos tomar pelas mãos e nos fazer sentar a uma mesa comprida à frente de um fogo aceso numa lareira grande o bastante para assar dez bois. Acima da lareira havia um consolo com entalhes que mostravam homens que caçavam lobos ou talvez sendo caçados por eles. Quis perguntar por que tamanha exorbitância de lenha, mas julguei que seria pouco educado indagar.

A senhora, que disse chamar-se Circe, sentou-me à sua direita e comentou que obviamente éramos heróis de volta de uma grande luta, ela podia ver isso em nossos rostos alertas e na força dos braços com que havíamos empunhado espadas, e ademais eu tinha todo o ar de um capitão. Quem éramos, portanto, e que proezas havíamos cumprido? Aquilo era contrário à regra da hospitalidade — os hóspedes deviam ter liberdade para comer e beber antes que lhes pedissem explicação de quem eram, mas ela e suas criadas tinham uma expressão libertina e desconfiei que tinham tanto de prostitutas quanto de mulheres de estirpe nobre, portanto não me ative a regras de cortesia. Fiz-lhes um relato da guerra não de todo acurado, distorcido antes pelo interesse de contar uma boa história do que de me favorecer. Enfeitei a morte de Helena e falei pouco sobre Agamêmnon e seu irmão. De fato suprimi que era eu o predileto da deusa e que meu conselho foi muitas vezes solicitado pelos chefes. Ela era uma excelente ouvinte, apreciou imensamente o relato e me incentivava a prosseguir, quando eu receava ter falado em demasia e me punha em silêncio.

Ficou tarde e o fogo esmoreceu. Muitas ânforas jaziam tombadas no chão, vazias de vinho, e tilintavam ocas quando alguém nelas tropeçava. As mulheres começaram a se esgueirar para fora em companhia de meus homens, que tomavam o cuidado de evitar meus olhos quando escapuliam para suas entrevistas na floresta. (Não sei por quê — nunca lhes dei motivo para me tomarem como um exemplo de boa moral.) Do lado de fora, tochas passavam pelas janelas e o vento trazia o som de risos. Quando todos tinham ido embora, Circe se pôs de pé, pegou minha mão e me conduziu a seu quarto, enquanto as brasas arrefeciam.

Mais tarde naquela noite acordei sem saber por quê, aflito, e depois aquilo voltou, um gemido fraco e agudo. Meu primeiro pensamento foi de que devia ter ocorrido uma briga por causa de alguma mulher. Pus-me sentado na cama e escutei. Ouvi o vento nos pinheiros, as ondas distantes, algo semelhante a um riso e depois uma ânsia de vômito quase inaudível. Circe virou-se e murmurou algo em seu sono. Esgueirei-me da cama e fui até a janela que se abria sobre o alto da montanha. Clarões de fogo reluziam aqui e ali em meio às árvores. Observei por longo tempo, a respiração lançava vapor, a pele se erguia em arrepios. O céu relampejava no leste e eu estava prestes a voltar para a cama quando ouvi um ulular longo e familiar perto e vi um lampejo de pele nua entre os ramos inquietos. Aquilo poderia ter muitos sentidos, alguns deles benignos — em Atenas o culto das bacantes era um pretexto para festanças ao ar livre, ligeiramente licenciosas, para senhoras abastadas. Então uma mulher nua saiu da floresta, de pele branca e com o cabelo preto e emaranhado chicoteado pelo vento. Trazia no rosto uma expressão vazia, e na mão esquerda havia uma faca de esfolar. Tinha manchas escuras nas mãos e na barriga.

Saquei minha espada e coloquei-a no pescoço de Circe, a

ponta se movia acompanhando sua pulsação. Devagar, ela voltou a si e fitou-me com olhos sonolentos, semicerrados, enquanto eu me mantinha de pé e a ameaçava. Com voz roufenha, me disse para refletir — se ela quisesse que eu morresse, teria me entorpecido, como o resto de meus homens, todos eles àquela altura já acabados. Ela disse que me desejava e que havia decidido me manter a seu lado, apelou ao meu pensamento desapaixonado e estendeu a mão para a lâmina.

Eram só mulheres e provavelmente não tinham armas melhores do que facas — mesmo sozinho, eu poderia abrir meu caminho contra elas, e quem sabe alguns de meus rapazes ainda podiam restar vivos. Ocorreu-me então pensar no que elas teriam feito com a nau desprotegida. Pensei em descer sorrateiro a trilha da montanha com a espada em punho, correr até o cais sem enfrentar resistência nenhuma e lá não encontrar nada, senão as ondas batendo contra as estacas enquanto as luzes brilhavam dentro da casa, no alto, acima de mim. Imaginei voltar até a casa, encontrá-la vazia e buscar um alvo para minha cólera, sem nada encontrar. O sol estava baixando outra vez e gritos distantes oscilavam, chamando e respondendo na floresta. Horrorizou-me pensar que eu havia conseguido passar a salvo pela campanha de Troia, muitas vezes escapando da morte pela mera espessura da lâmina de uma lança, para no final ir morrer ali, com meus ossos virando cinzas na lareira dela.

Uma saída haveria de se apresentar, pensei, enquanto lhe entregava a espada pelo punho. Não havia pressa. Ela fez um gesto para eu voltar para a cama, a seu lado, e assim fiz. Ela sussurrou-me no ouvido que tinha certeza de que seríamos felizes juntos por muito tempo e que eu seria avisado quando ela tivesse novos hóspedes.

8. Aquiles e morte

Quando se embriagava, Aquiles empunhava a faca e tentava perfurar a mão ou, caso se embriagasse muito, tentava perfurar o coração, e por conseguinte havia numerosas lâminas partidas, de refinadas adagas. Odisseu, que presenciara não poucas demonstrações daquele tipo, cobria Aquiles de louvores por sua índole extraordinária, o que deixava Aquiles contente como um cachorrinho, mas em particular preocupava-se de que um homem imune à morte pudesse em breve desprezar os mortais à sua volta. Seguramente, Aquiles tinha os troianos em baixa conta. Odisseu já o vira sair de uma batalha eriçado de flechas negras — quando se despia para banhar-se, as flechas se soltavam junto com sua armadura e ele se refestalava em sua banheira de bronze, enquanto Brizeida* banhava seus membros ilesos e Pátroclo contava anedotas.

Ferimentos fascinavam Aquiles. Quando Pátroclo se arranhava, Aquiles o cobria de atenções como uma velha babá, não

* Jovem escrava, cativa de sua lança, a quem Aquiles era muito afeiçoado.

se fartava de fazer curativos e untar aquilo que se poderia muito bem deixar de lado para curar-se por si só. Mas quando um grego era mortalmente ferido, ainda que fosse um de seus homens, Aquiles nem sequer olhava para ele. Quando os corpos dos que tombavam eram envoltos em panos de cor laranja e queimados numa pira, Aquiles estava sempre longe dali.

No campo de batalha, Aquiles mostrava-se transtornado pela fúria, tudo indicava que estava em busca de vingança, como se os troianos tivessem tramado roubar seu castelo ou sua posição. O estilo de Aquiles não se conformava a táticas nem a consequências. Uma onda alta que quebra na praia, arrebenta uma duna e arrasta a areia num tumulto de espumas — era assim quando Aquiles atacava uma linha inimiga. Odisseu muitas vezes vinha logo atrás dele a fim de alvejar os feridos e os aterrorizados.

Odisseu notava que, embora Aquiles fosse indiferente aos golpes, recebia muito poucos, ao que parecia porque seus inimigos estavam assombrados demais para atacá-lo em sã consciência. Odisseu pensou em imitá-lo, mas concluiu que o destemor necessário precisava ser vivenciado a fundo. Todavia deixou registrado em sua mente que era bom ter cautela com homens que não tinham nada a perder.

Aquiles suportava com dificuldade a presença do rei Agamêmnon — discutia com ele nos conselhos de guerra e passava pelo rei no campo de batalha sem cumprimentá-lo sequer com um meneio de cabeça. Agamêmnon aturava aquilo com um autodomínio que lhe era estranho, talvez porque não estivesse claro de que forma poderia retaliar. A aristocracia unia-se a Agamêmnon no ódio contra Aquiles, mas os subalternos adoravam-no — quando lhe dava na cabeça, Aquiles se mostrava de uma generosidade capaz de deixá-lo na indigência, dava seu ouro, suas lanças e seus escravos para algum guerreiro cujo sorriso lhe havia agradado ou que tinha feito algo corajoso em batalha.

Certa noite, quando inumeráveis fogueiras de vigia ardiam nas muralhas troianas, Odisseu foi convocado para a tenda de Agamêmnon. Lá encontrou Sua Alteza Real com Nestor e Menelau, falando no escuro, à luz de uma vela única. Nestor puxou Odisseu para perto e sussurrou que Aquiles, apenas meio embriagado, andara falando em motim, circulara se pavoneando pelo acampamento, proclamando que ele tinha mais de deus do que de homem e que era indecoroso que um mero mortal desprezível o comandasse, ainda mais quando aquele mortal não se mostrava capaz sequer de tomar uma cidade após sete anos de sítio. Seus mirmídones riam e o incentivavam. Agamêmnon disse que, se Aquiles era um terror para seus inimigos, ele era antes um menino do que um homem e que qualquer ação sua que não dependesse de sua espada em punho acabaria em desgraça.

A discussão voltou-se para o método da supressão de Aquiles. Conquanto fosse à prova de armas e ninguém jamais o tivesse visto doente, Aquiles ainda assim poderia ser apanhado, pensavam eles. Poderia ser atraído para dentro de uma mina e sepultado num túnel profundo, debaixo de pedras pesadas, onde apenas morcegos poderiam ouvir seus gritos. Poderia ser mergulhado em ferro derretido e forjado num lingote a ser lançado no mar, onde haveria de passar a eternidade recrutando as correntes profundas. Poderia ser trancafiado num cofre pesado e escondido num compartimento secreto de uma nau mercante, itinerante, de forma anônima, onde nunca mais seria visto. No entanto, além da dificuldade intrínseca de aplicar tais maquinações a um homem que nada temia, era invulnerável e um exuberante matador rodeado por amigos leais e fortemente armados, havia também sua mãe, Tétis, uma ninfa do mar que amava seu filho com ardor e que contava com os favores de Zeus, o que as nuvens cumula, que tudo enxergava. Odisseu refletiu acerca do problema por um breve tempo e lhes disse para não ficarem preocupados que ele cuidaria de tudo.

Três noites depois, Odisseu foi à tenda de Aquiles altas horas da madrugada e se pôs de cócoras junto a seu catre. "Aquiles, acorde. Estou preparando uma emboscada para os troianos à beira do rio Escamandro e preciso de você", sussurrou. Aquiles sacudiu-se, desvencilhando-se do sono e, rindo ante a súbita bravura do Pai Odisseu, afivelou sua armadura.

Os dois partiram em silêncio pelas planícies iluminadas pelas estrelas rumo a um túmulo em forma de colmeia num monte acima do rio. A porta do túmulo estava aberta. Aquiles, com relutância, seguiu Odisseu dentro da fria e funda câmara terrosa onde corpos pálidos jaziam envoltos em panos cor de chamas, dos quais Aquiles desviava os olhos. "Espere aqui", disse Odisseu, "vou chamar com um pio de coruja quando eles estiverem vindo." "Irei com você", disse Aquiles. Odisseu respondeu: "Não. Você é capaz de partir homens ao meio, mas carece de sutileza. Ficarei escondido, à espreita, e quando chegar a hora de matar, você virá unir-se a mim". Os olhos de Aquiles brilharam como os de um gato sob a luz débil, enquanto Odisseu fechava a porta do túmulo e a bloqueava por fora.

Com extremo bom humor, Odisseu caminhou pelos montes rumo ao acampamento que havia montado. Durante três dias, ficou contemplando o mar e bebendo em silêncio. Na terceira noite, saiu de sua tenda e voltou ao túmulo. Deteve-se diante da porta do túmulo, pressentiu lanceiros em seu encalço — sua respiração acelerou e ele começou a suar. Desbloqueou a porta e disse: "Aquiles! Perdoe-me... Fui apanhado de surpresa e só esta noite consegui escapar, eu creio", e lançou um olhar temeroso por cima do ombro. Havia composto uma história na qual tinha sido capturado, mas levara os troianos a crer que ele era um errante que chegara a Troia a fim de saquear os mortos no campo de batalha. Forjara uma descrição minuciosa da patrulha imaginária que o havia aprisionado e até uma história dos antecedentes de seu personagem de saqueador dos mortos. Tais preparativos revelaram-se desnecessários. No interior do túmulo, Aquiles estava sentado, de olhos fechados, concentrado em cada ínfimo movimento de sua lenta e trêmula respiração.

Na manhã seguinte, Odisseu contou a Agamêmnon que Aquiles tinha ido embora depois de concluir, durante o tempo em que ficara aprisionado, que deveria antes aliviar os sofrimentos do que provocá-los. Tal explicação foi julgada suspeita, mas a ausência de Aquiles, profundamente sentida, era algo inconteste.

Tempos depois, comentou-se que ele havia ido para o leste e se tornado um asceta ou um sofista. Ao longo dos anos, gota a gota, chegaram histórias, na maioria difíceis de acreditar: Aquiles mendigava nas ruas, pregava inutilmente aos animais ou passara um ano em contemplação sob a sombra de uma árvore. Os gregos nem acreditavam naquelas histórias de viajantes nem achavam que elas diminuíam sua glória duradoura.

9. Uma bondade

Odisseu se aferrava à sua jangada de pedaços de pau enquanto era empurrado através das ondas da arrebentação rumo à beira da praia de mais uma ilha na sequência de ilhas que enchiam seus dias. Na praia estreita, a chuva fria batia sobre ele, e Odisseu se viu saudoso do calor do mar. Avistou a luz de um fogo dentro de uma caverna, reuniu suas forças e seguiu cambaleante para lá. Ocorreu-lhe adentrar a caverna e entregar-se à misericórdia de seus ocupantes, porém em vez disso pensou: "Mais uma vez só", e rastejou sorrateiro em meio à noite gélida e encharcada de chuva a fim de escutar.

Lá dentro, três mulheres estavam sentadas em volta de uma fogueira que estalava. As sombras na parede atrás delas eram silhuetas confusas de uma doce donzela, de uma robusta matrona e de uma velha encarquilhada e recurva, mas quando a luz do fogo estremecia, as sombras tomavam outras formas — um ogro de braços compridos e mãos poderosas, uma ave de rapina de asas abertas, uma rede de pesca com flutuadores de vidro (sua iridescência cintilava nas paredes de rocha nua), ou às vezes absolutamente nada. Elas discutiam em voz bem alta a fim de poderem se ouvir por cima do barulho da chuva e do fogo, o qual, a despeito de toda a violência com que ardia, produzia mais fumaça do que luz.

"Dez anos são dez anos, não importa como você encare a questão", disse uma delas, brandindo uma faca de cozinha. "Pode interpretar como bem entender, mas os fatos são inescapáveis."

"Isso não passa de uma visão literal e simplória", disse outra, usando uma concha para mexer uma caçarola de cobre tisnada de fuligem, assentada sobre uma trípode quase de todo engolida pelas chamas. "Se estivesse dito que ele havia de ser bravo como uma águia, você o imaginaria fisgando camundongos nas campinas e galgando uma árvore alta a fim de pousar num ninho de gravetos e vigiar seu ovo? Isso deve ser entendido como uma diretriz, uma indicação a ser preenchida em conformidade com os detalhes das circunstâncias, e não como uma prescrição exata..."

"Trata-se exatamente de uma prescrição, apenas muito mais coercitiva", disse a primeira numa voz semelhante a um vento rápido e frio.

"... a menos que você seja uma tapada", concluiu a segunda.

"Tapada é você, senhorita Vou-fazer-como-quiser-pois-isso-não-passa-de-uma-diretriz", disse a primeira. "Peço muito humildemente que me perdoe, grande Madame. Nunca tive a intenção de sugerir que alguém tão augusto como a senhora devesse ficar tolhida pelas cadeias de ferro da necessidade."

"Bobagem. Resta algum espaço livre para se movimentar dentro dessas cadeias e acho que ele já sofreu o bastante", replicou a segunda.

"Ele nem começou a sofrer", disse a terceira, que Odisseu agora via ser de longe a mais terrível. "Se ele chegasse em casa agora, estaria intacto. Seu sofrimento, como você tanto gosta de chamar isso, serviria apenas de matéria-prima para histórias destinadas a animar o inverno de sua velhice, histórias para contar aos netos. Você devia ter vergonha. Vamos arrancar o couro dele."

Começou a chover granizo. As pedras de gelo erguiam um clamor nas árvores e as pedras e a caverna encheram-se de ecos.

"Sanguinária", disse uma, e Odisseu não soube mais dizer qual delas.

"Então não permita que seu sangue seja derramado. Podemos feri-lo igualmente sem isso, até de forma pior", disse outra, com uma risada, sua voz não vinha de nenhuma direção e vinha de todas as direções.

"Que tal partir seu coração?", perguntou a outra.

"Não parta nada dele — vamos secá-lo. Retirar todo calor e esperança que ele tiver e deixá-la vazio, como uma noite clara e fria no cume do Etna."

"Assim seja."

"Assim seja."

"O que está reservado para ele, em seguida?"

"A feiticeira Calipso, na solidão de sua ilha. Seu leito está frio e ela aguarda ansiosa a chegada dele, embora ainda não saiba que ele virá, por mais que estude as estrelas e desconfie que o mar, em breve, lhe trará um presente."

"E não devemos fazer dela uma criatura horrorosa?"

A chuva de granizo aumentava gradualmente e o fogo era um clarão vermelho de brasas. Odisseu reuniu coragem (pensando que, afinal, as sombras talvez fossem apenas sombras e as mulheres apenas mulheres) e, com uma voz aguda e rude, falou: "Não, deixe que ela seja bela e gentil como o verão".

"Quanta bondade, irmã!", disse uma.

"Não de mim", disse outra.

"Não importa, que assim seja", disse a última. "Temos outros assuntos para resolver. Precisamos tratar de uma questão de morte em Hiperbórea."

"Mas não esqueçam", disse uma, enquanto o fogo se extinguia de todo e as mulheres se fundiam com as sombras, "apesar de estar subordinado a nós, ele tem permissão para conduzir o próprio destino só uma vez, embora eu, de minha parte, nem por isso pretenda pedir conselhos a ele. E vamos esperar que ele não se intrometa a ponto de conseguir chegar ao seu lar."

10. Fugitivo

As fogueiras altas na costa troiana iluminavam os festins dos gregos, suas sombras compridas serpenteavam às costas deles. Suas naus seguiam bem baixas na água, pesadas de ouro e de escravos, e seus adversários estavam ou acorrentados ou no inferno. Odisseu, o arquiteto da vitória, observava seus camaradas cambalearem triunfantes e, com parte do ouvido, escutava os gritos das gaivotas, na esperança de ouvir Atena. Agamêmnon, a boca roxa e a bainha da espada oscilando vazia na cintura, encontrou-o e perguntou por que estava sentado ali sozinho, a que Odisseu respondeu que dez anos o haviam habituado à vigilância. Agamêmnon disse que os mortos não iriam se pôr em armas e, se fizessem isso, os gregos haviam derrotado os próprios deuses, portanto venha e beba à nossa vitória sobre os troianos, os cães, e que nada mais cresça no solo semeado de sal de sua cidade destroçada, a não ser ervas daninhas e notícias ruins. Odisseu disse: "A casa de Príamo foi destruída, seus filhos foram mortos. Não resta nada para você maldizer". Agamêmnon levantou-se com enorme dignidade, ajeitou a placa da armadura que protegia o peito (um tesouro que não era bem do seu tamanho e que ele pilhara no campo de batalha) e foi embora.

Naquela noite, Odisseu sonhou com as ruínas e viu os deuses reconstruindo a muralha desmoronada da cidade. A seu lado, Atena se apoiava em sua lança e observava o trabalho. Odisseu perguntou por que os deuses estavam reconstruindo Troia, quando alguns deles, e a própria Atena, tanto se haviam esforçado para destruí-la. "Os deuses não estão reconstruindo Troia", disse a deusa, "pois ela ainda não foi edificada." "Mas então o que eles estão fazendo?", perguntou Odisseu, apontando. Atena virou a cabeça, reconheceu-o e disse: "Você não deveria estar aqui. Vá embora, depressa!". O medo de Atena lhe deu calafrios. Naquele instante, a última pedra foi colocada sobre a muralha da cidade; seus portões se abriram em silêncio e ele voltou a si com um estalo.

Na manhã seguinte, os homens empurraram as naus cinzentas pela praia para dentro do mar verde. Enquanto navegavam para longe, os poços frios das fogueiras do acampamento e as barricadas abandonadas tinham um aspecto tão desolador quanto a vasta massa negra de Troia.

A viagem de Odisseu rumo ao lar, primeiro festiva, logo se tornou um infortúnio. O destino parecia ter rancor de Odisseu e de seus nativos de Ítaca e lhes enviou, em rápida sucessão, o ciclope canibal, os comedores de lótus, as sereias, Circe e o inexorável Cila. Um ano havia tomado de Odisseu todos seus homens (que tinham baixado à terra) e todas suas naus (desfeitas em lascas ou afundadas no mar) e foi encontrá-lo agarrado a uma jangada tosca, vagando sozinho num mar proceloso.

Odisseu despertou quando a água fechou-se sobre ele, o que o obrigou a abrir caminho para a superfície à força de braçadas ferozes, e gritou, embora não houvesse ninguém para ouvir. A neblina era densa — nada havia para se ver senão a crista espumosa das ondas e os tocos de pau de sua jangada que afundavam quando ele os agarrava. Não havia melhor estratégia do que nadar com ímpeto em busca de terra firme — apesar de tudo, ele a encontraria. Não havia muita esperança, mas era melhor do que esperar afogar-se, e assim começou a nadar. Lamentou não existirem pontos de referência e talvez ele estivesse nadando em círculos. Seus ombros queimavam, depois os pulmões e ele estava quase esgotado quando, para sua surpresa, sua mão bateu em algo duro, que ressoou com o golpe. Odisseu ergueu os olhos e viu rostos mirando para ele com olhos espantados, de cima da proa de uma nau cinzenta.

Uma voz familiar disse: "Eu esperava mais de você, pelo menos uma fuga melhor". Mãos fortes puxaram-no para cima e o puseram no tombadilho. Odisseu ficou ali deitado pensando que, qualquer que fosse a circunstância em que fora cair, era uma bênção poder respirar fundo, sentir a nau se mover embaixo dele e não pensar em afogar-se. Tinha os olhos velados pelo sal, mas ao esfregá-los se viu olhando para as perneiras de ouro da armadura de Agamêmnon. "Achou que poderia desertar tão facilmente depois de eu ter enfrentado tantas dificuldades para recrutá-lo?* Será possível que este é o Odisseu de mente labiríntica?"

Os marujos, constrangidos por ele, evitavam olhar para Odisseu. Ele vestiu roupas secas e se deu conta de que eram as roupas trazidas por Alcanor, que havia morrido com uma flecha troiana no coração no dia das exéquias de Heitor. A neblina se desfizera, o sol pairava no céu, seu coração batia. Nada havia a dizer.

* Odisseu não queria deixar Ítaca para combater em Troia, por isso se fez de louco na esperança de que Agamêmnon fosse embora. Palamedes desmascarou sua astúcia ameaçando com a espada o bebê Telêmaco — Odisseu fez um gesto em defesa de seu filho e assim revelou sua sanidade.

Agamêmnon trancafiou Odisseu, que não opôs resistência, numa cela na coberta. Depois de dormir, Odisseu deu uma busca na cela, nada encontrou e foi direto para a cabine de Agamêmnon (sua corrente era desprezível). Entre armas, taças de vinho e troféus de guerra, achou um livro chamado *Ilíada*. Era o relato da sua guerra e a ideia central estava correta, mas os detalhes muitas vezes continham erros. Na introdução ele leu:

> Não está amplamente compreendido que os épicos atribuídos a Homero foram de fato escritos pelos deuses antes da guerra de Troia — tais livros divinos são antes os arquétipos daquela guerra do que sua história. De fato, houve inúmeras guerras de Troia, cada uma representada segundo uma estética em mutação, cada uma delas exprimindo uma tentativa renovada de reconstituir o terror da batalha na linha de frente com a lucidez da intenção autoral. De forma inevitável, cada guerra em particular é uma distorção de sua antecedente, uma imagem distorcida numa sala de espelhos deformantes.
>
> A *Ilíada* e a *Odisseia*, por força de descuidos autorais e administrativos, tornaram-se às vezes acessíveis a seus protagonistas. De modo surpreendente, isso não produziu nenhum impacto na ação nem no desfecho. Agamêmnon é obstinado em demasia para mudar seu pensamento e, de todo modo, nunca acredita naquilo que lê. Aquiles folheia a *Ilíada* rapidamente e encolhe os ombros. Príamo faz sacrifícios a deuses desnorteados e, de todo modo, acredita estar acima das profecias (recordemos Cassandra). Talvez tenha havido, um dia, personagens que leram o livro com uma apreensão crescente e na mesma hora tenham fugido, encontrando refúgio nas montanhas, sem nunca mais se imiscuírem em assuntos de cidades e de deuses, porém,

ainda que tenham existido, agora já faz muito tempo que se foram.

Tempos depois, chegaram a Troia e lá estava Aquiles, radiante como ouro e cheio de vida, descendo com um pulo da proa de sua nau, o primeiro a pôr os pés em solo asiático. Os nativos de Ítaca chegaram e se reuniram em torno de Odisseu, perguntaram-lhe aonde tinha ido e por que deixara sua própria nau e embarcara na nau de Agamêmnon. Ele havia gostado da maioria e lamentava por todos. Perguntaram o que o levara àquilo — fazia só duas semanas desde que o tinham visto pela última vez. Odisseu disse ter visto em sinais que seria uma guerra longa.

Tudo sucedeu como antes. No primeiro ano, Aquiles lutou contra um campeão troiano que era à prova de lâminas e pedras e estrangulou-o com a tira de seu capacete. No segundo ano, Heitor comandou um ataque ao acampamento grego e matou o filho caçula de Agamêmnon. No terceiro ano, as amazonas combateram ao lado dos troianos e massacraram muitos gregos com dardos. E assim por diante — como que obedecendo a uma coreografia, os gregos atacaram a cidade e flechas e morte alcançaram seus alvos previstos. Odisseu sabia quem ia morrer, portanto pôde se despedir. Homens diziam que ele trazia má sorte.

Odisseu via Atena de quando em quando, embora ela se mantivesse em silêncio. Por vezes olhava para ele com piedade. Outras vezes tinha o rosto impenetrável.

Ele mirava a própria imagem refletida em lâminas polidas e na água. Podia ser um homem de quarenta anos endurecido à força de batalhas ou então um homem de vinte anos curtido pelas intempéries. Pensava em roubar uma nau ou em adentrar o mar com pedras dentro dos bolsos, mas pelo bem de seus homens ele ficava, embora achasse que eles eram ilusões ou um sonho.

Chegou a hora de Odisseu penetrar furtivo na cidade e ver Helena. Os dois falaram como antes haviam falado e como ele sabia que deviam falar. Odisseu esquecera a maior parte da conversa, por isso improvisou. Julgou ver um sinal de reconhecimento nos olhos de Helena e, quando foi embora, suas mãos se tocaram, uma novidade.

Na hora devida, ele sugeriu a astúcia do cavalo. Ficou dentro de sua barriga e ouviu os troianos debaterem se deviam queimar o cavalo ou empurrá-lo para dentro do mar, ouviu os lamentos de Cassandra, a ordem de Príamo para trazer o cavalo para o interior das muralhas da cidade. Naquela noite, ele e seus homens saíram do cavalo sorrateiramente, abriram os portões e puseram fogo na cidade. À meia-noite, Odisseu tinha o rosto negro e o braço que empunhava a espada estava vermelho até o cotovelo. Ele viu os inimigos tombados morrerem de novo, ouviu outra vez os antigos gritos, viu uma torre que ele havia queimado até as cinzas erguida e em chamas. Dentro do palácio, achou Helena escovando o cabelo. Sem desviar os olhos do espelho, ela lhe disse que, dez anos antes, tinha sido arrastada de volta à casa de Menelau e fora atirada no seu antigo quarto de dormir, na condição de metade esposa, metade escrava. Na manhã seguinte, ela abriu a porta para uma leve batida e lá estava Páris,* seu amante, morto havia muito tempo e feito em cinzas, e que agora acenava timidamente. Helena escondeu seu cabelo dourado embaixo do capuz de Odisseu e naquela hora eles fugiram da cidade e saíram da história de Troia.

Numa cabana de pescador, Odisseu abraçou-a e lhe contou a respeito do livro. Supôs que eles fossem ter dez anos, depois veriam o que ia acontecer. Atena nunca mais falou com ele.

* Marido e raptor de Helena, o causador da guerra de Troia.

11. Uma noite na mata

Em companhia dos amigos, esquecemos de nós mesmos. Quando comandava meus homens contra as fileiras troianas ou os conduzia através de ilhas assombradas e que nenhum mapa assinala, eu portava uma máscara intrépida, nem sorria nem franzia as sobrancelhas, sempre dava um passo adiante, fosse rumo ao flanco dos arqueiros inimigos, fosse para construir de improviso uma embarcação com os nossos destroços, fosse para correr de volta à nossa nau com os perseguidores em nossos calcanhares. A essência daquela máscara era o orgulho — meus homens me amavam não por eu estar com a razão, mas por minha intransigência, por minhas decisões rápidas e por minha intolerância diante de qualquer afronta. Isso fazia de mim um monstro de ego, o que era fatigante, mas enquanto eles estivessem sob meu encargo eu não tinha outra opção.

Agora já faz anos que estou perdido no mar e eles se perderam de mim para sempre. Sem nenhum rosto jovem e inseguro olhando para mim, tornei-me contemplativo, acostumei-me a refletir a fundo nas coisas em meu próprio lazer. E assim, quando a nau fenícia toca em Ítaca, eu não choro nem me jogo sobre o cascalho a fim de beijar meu solo nativo. Em vez de me vestir com ornamentos e ir para minha antiga morada de braços abertos e com um sorriso tolo no rosto, visto um velho manto marrom e penduro no ombro uma bolsa de mascate, a melhor forma de fazer um reconhecimento do ambiente sem alarde. Penélope está longe de ser uma mulher comum, mas muitos ultrajes podem ocorrer em vinte anos. Contudo estou pronto a perdoar — o que mais importa para mim é que minha casa esteja forte e, acima de tudo, que Telêmaco, meu filho, prospere. Enquanto avanço pela praia e o vento enfuna as velas fenícias, o capitão me grita um adeus em seu estranho linguajar e promete voltar outra vez, dali a alguns meses.

Atravesso a floresta rumo à antiga estrada e tomo a direção da cidade, de olhos bem abertos. Camponeses e mercadores passam pelo caminho e me ignoram. Parecem bem nutridos, mas têm os olhos voltados para a estrada. Chego à cidade e vejo riscos de fumaça em todas as chaminés e vejo as casas em bom estado, limpas e caiadas. No entanto, está tudo silencioso demais — nenhuma porta bate, mães não chamam os filhos nem as crianças gritam. Minha convicção de que nem tudo vai bem se consolida na fonte, onde as mulheres apanham água e caminham depressa e a passos largos para casa, sem sequer uma troca de cumprimentos. Sento-me na cerca baixa de um curral a fim de pensar no meu povo, que se tornou tão tímido quanto o gado, de cabeça nervosamente baixa à minha frente.

Recordo a aldeia de meu sogro, Autólico.* No entanto eu me recomponho e, quando escurece, sigo para o que outrora era minha morada, guiado pela luz vermelha dos archotes acesos em suas janelas altas. Com o martelo de meu punho cerrado,

* O nome Autólico é em geral traduzido como "lobo de si mesmo".

bato no portão — "Abram, minha boa gente! Sou o mascate Ninguém, que vem fazer negócios. Deixem-me entrar e mostrem alguma hospitalidade!" A porta é aberta por um jovem sujo e com uma expressão vidrada no rosto. Seu porte sugere ter tido boa educação, mas ele mal me cumprimenta e, com uma débil flexão do pulso, faz sinal para eu segui-lo pelo corredor.

Passamos pelo pátio limpo e bem varrido, onde ossos partidos estão empilhados junto às paredes. Forjo meu rosto numa máscara que combina cobiça e humildade servil e me preparo para aquilo que agora sei que vou encontrar no grande salão. Em meu trono, Penélope repousa, mais alta do que eu lembrava, sua presença preenche todo o salão. Jovens cavaleiros orbitam a seu redor, com rostos vazios e atitudes respeitosas, que se iluminam quando ela os nota. Não há nenhuma mobília a não ser o trono e pilhas de tapetes de pele de animais espalhados sobre o chão. O ambiente cheira a almíscar, como a cova de um bicho.

Penélope brinca com o cabelo preto de um jovem esgalgado que repousa a seus pés, com o braço em volta de suas pernas, e me observa com ar maligno, enquanto os homens a observam. Penélope ordena a uma criada que me traga carne e vinho e, quando me sento para comer, falo: "Trago notícias que a senhora vai exultar em ouvir, temível rainha. A menos de um dia de viagem de mim está o próprio Odisseu Laértida, seu marido e rei, que volta vivo após muitos anos de sofrimentos. Sua Alteza me concedeu a honra de falar comigo e me confiou uma mensagem para a senhora — ele diz que a primeira coisa que pretende fazer ao chegar ao lar é retirar sua cama do quarto a fim de arejá-la. Sua mensagem foi só essa e mais nada e juro à senhora que cada palavra é a pura verdade, ou não me chamo Ninguém".

Penélope inala o ar pelo nariz e sorri pondo os dentes à mostra, me agradecendo por minhas notícias bem-vindas, mas — e nesse ponto ela quase ronrona — surpreendentes ao extremo.

Lamenta que sua casa esteja cheia nessa noite — se eu voltasse no dia seguinte, haveria espaço suficiente. O rapaz de cabelo preto, aparentemente um seu favorito, ergue a voz e diz que eles não têm nenhum outro hóspede, então por que o mascate não pode ficar, mas ela toca o dedo nos lábios do rapaz. Embora os movimentos de Penélope sejam gentis, há em seus olhos um novo brilho predatório. Enquanto, de maneira sub-reptícia, avalia com os olhos os homens que se aglomeram à sua volta, seus rostos tolos, crédulos, de nativos de Ítaca me trazem à memória meus próprios homens, todos perdidos, e me despeço às pressas, deixando o salão mais cedo do que seria educado fazer.

Saio para a noite quente, caminho de forma abrupta, sem me importar muito com o lugar para onde estou indo, contanto que deixe o salão para trás e que ele fique fora do alcance de meus ouvidos. Muitos quilômetros depois, encontro a choupana abandonada de um pastor, quase invisível da estrada. Tento dormir, mas fico deitado embaixo de meu manto durante horas, ouvindo os grilos brincarem e o vento suspirar através dos ramos. Toda vez que um ramo se parte, me ergo de um pulo, a postos, alerta, espada em punho, prendendo a respiração. Na certa são apenas raposas em sua ronda noturna. Sei que estou agindo de forma absurda. Penso nos olhos verdes de Penélope e no rosto apalermado de seus amantes. Eu me pergunto se não cumpri meus ritos da maneira adequada e se meus homens, todos mortos agora, têm toda a paz que o reino das sombras pode oferecer. Eu me pergunto como Telêmaco terá se saído e lamento não ter podido ver meu filho. Quando a lua sobe, já desisti de dormir e saio a fim de me sentar na varanda e fitar a mata escura.

Enquanto aguardo a alvorada, meu pensamento se volta para a época em que conheci meu sogro, Autólico, senhor de altos picos e de vales profundos, a uma semana de árdua viagem através das montanhas do continente. O canto do lobo me conduziu através do último desfiladeiro para dentro de seus domínios, uma terra próspera e tranquila, onde pinheiros escuros cresciam em mata espessa até a beirada dos campos. Eu estava palmilhando meu caminho por uma trilha estreita num trecho espesso da floresta, quando ele saiu de trás das árvores com a filha a seu lado e me saudou. Um cervo jovem, recém-estripado, pendia de seus ombros. Era um homem alto e magro, de aspecto agreste, com o ar sereno de alguém a quem nunca contestaram. Sua filha, Penélope, estava descalça e vestia um traje rasgado, impróprio para o seu tamanho, que pendia de forma tão desajeitada como se ela tivesse apenas jogado o pano sobre os ombros. Havia gravetos em seus cabelos e ela nunca sorria, mas mesmo em seus pés descalços e enlameados caminhava com uma altivez descuidada capaz de desbancar Helena. Autólico conduziu-me através de sua aldeia e descemos até o vale profundo de um rio, onde sua morada fora erguida, um velho palácio, na maior parte subterrâneo, com as raízes de árvores ancestrais, ainda vivas, servindo como pilares e fundação. O criado era canhestro, chamuscou a carne da caça e queimou os dedos. Enquanto comíamos, Autólico me incentivava a conversar com pequenas e estranhas estocadas formais. Falamos sobre o tempo (frio demais para a primavera), o trigo (o que pareceu entediá-lo), as guerras no leste (sobre as quais ele nada sabia) e sobre a migração do alce (o que afinal o empolgou). Ele e sua filha silenciosa comiam com as mãos. Ele me olhava com o canto dos olhos enquanto eu usava minha faca. Ítaca não é tão cosmopolita, mas foi a primeira vez que me senti efeminadamente civilizado.

Depois que lavamos as mãos, ele me indagou acerca de minha família: Quem era meu pai? E o pai de meu pai? Desde quando minha estirpe era formada por reis? (Ele conteve um bufo de desdém quando lhe respondi: cinco gerações.) Havia algum herói entre eles? Havia algum caso de loucura, de possessão divina ou de alguma falta desonrosa? Em seguida me interrogou acerca de minha ilha: Como eram as florestas? A caça era boa? Ficava longe de qualquer local onde homens vivessem? Até que ponto eu conseguia manter meu povo sob controle? Pintei um retrato de uma linhagem de reis que frequentaram a periferia dos grandes acontecimentos da Hélade, mas que jamais permitiram a mais ínfima infração de suas prerrogativas, nem o enfraquecimento do sangue de sua estirpe, e também o retrato de uma ilha formada por muitos vales, cheios de névoas, apreciados por caçadores, onde era fácil perder o caminho. Quanto ao povo, falei que eles tinham espírito resoluto e que, embora a terra fosse pobre, eles não o eram — os habitantes de Ítaca eram pertinazes, bons lutadores e mercadores melhores ainda. Ele perguntou sobre o caráter do povo, suas práticas religiosas e o que as pessoas temiam. Percebi que ele estava contornando algum assunto e respondi que em Ítaca as pessoas cuidavam da própria vida e que, se por ventura eu resolvesse lhes dar uma rainha, eles não só a aceitariam como também viriam a gostar dela. Isso pareceu satisfazê-lo. Fez-me levantar e me deu um abraço, desejou-me boa sorte e vida longa, vastos domínios e muitos filhos, e disse que iria embora de manhã. Ele tinha um cheiro forte de almíscar e de muitos condimentos. Em seguida mostrou-me meu quarto, confortável, mas quase uma caverna, e foi aquela a última vez que o vi.

Dormi profundamente naquela noite, apesar de a floresta estar repleta de movimento. A certa altura, de madrugada, Penélope veio me buscar, envergando apenas sua túnica de dormir, seus olhos verdes à luz da lua. Acordou-me e conduziu-me pela mão para dentro da mata. Supus que seria vão pedir quaisquer explicações. Penetramos mais fundo na floresta e tudo o que eu conseguia enxergar na escuridão sussurrante eram manchas esparsas de luar sobre as folhas dos pinheiros.

Ela soltou sua mão e desapareceu. Plenamente desperto, me pus na ponta do pé, escutando, as mãos estendidas para a frente como que para sentir as correntes de ar. Podia ouvir movimentos em meio às árvores, ora aqui, ora ali. Vi um lampejo de olhos verdes. Algo se moveu atrás de mim e me abaixei na hora em que ela saltou sobre mim e o pelo de seu flanco roçou em meu ombro. Meus olhos se haviam adaptado à escuridão e captei apenas um relance dela, e era algo lindo de se ver, de tão ágil. Não fez outra investida, mas ficou parada numa mancha de luar onde eu podia ver seu rosto, no qual a diversão e a ameaça estavam inscritas em medidas iguais, porém eu não demonstrava o menor temor e ela desapareceu outra vez, para voltar momentos depois, de novo uma mulher, e se insinuou em meus braços. Hera* nunca foi invocada e não houve nem presentes nem sacerdotes, mas suponho que foi então que nos casamos.

No dia seguinte, eu a levei embora através do vale e montanhas acima e em pouco tempo partimos de barco rumo a Ítaca. Levei-a para a casa de meu pai e ela se mostrou cordial com seus novos parentes, mas em particular queixou-se de que a casa cheirava a séculos de madeira morta, e cheirava a homens, embora na verdade eu achasse que ela estava apenas com saudades de casa. A fim de lhe agradar, construí uma casa nova, que tinha como centro nosso quarto de dormir, dentro do qual entalhei nosso leito na madeira do tronco largo de uma oliveira ainda viva, cujos frutos tombavam sobre nosso telhado a cada verão. Ela não queria que dissessem que ela era estranha nem que estava apegada aos velhos costumes, assim mantivemos nosso leito em segredo até para os criados.

Na manhã seguinte, retiro minha armadura de minha bolsa

* Hera é a esposa de Zeus, deusa do matrimônio, sempre invocada nos casamentos.

de mascate e me desfaço do manto e do nome Ninguém. Encontro um regato e raspo a barba com minha adaga. Adentro a cidade a largas passadas no meio da rua, com todo o ar de um soberano. Não há guardas nos portões, mas uma criada me vê chegar e abala para dentro. No pátio vazio e recém-caiado, outra criada chora histericamente, rodeada por outras três, uma das quais segura seu ombro e lhe fala em voz baixa e ríspida. Elas me veem e ficam em silêncio, seus rostos inexpressivos. Entro no salão principal e lá está Penélope, uma cabeça mais baixa que eu, olhos verdes e bela em seu vestido vermelho, sorrindo com ar de modéstia. Abraça-me e diz tudo o que é correto e derrama uma lágrima de felicidade, enquanto as criadas esfregam com energia as já priscas lajes do chão atrás dela. Uma criada passa por nós afoita a caminho do monte de refugos, com um saco de restos trazido da sala do matadouro. O saco de pano está encharcado até do lado de fora e outra criada corre atrás dela para enxugar a trilha de gotas vermelhas.

A celebração se prolonga noite adentro e nossa reunião é inteiramente cordial. Conto a Penélope acerca da guerra e de minhas muitas aventuras, já sentindo que me torno maçante, alguém cuja conversa trata de batalhas de um passado remoto. Ela parece não notar quando falo, muito de passagem, sobre Circe e Calipso e, de minha parte, não reparo quando a história dela mesma se torna escassa de detalhes. Ao anoitecer, Telêmaco aparece, de volta da caçada, e me cumprimenta com respeito. Dou-lhe um beijo e viro seu rosto para um lado e para o outro sob a luz, contente de vê-lo, mais do que as palavras podem exprimir.

A cidade de Ítaca aos poucos retorna à vida. São poucos os senhores de terra que indagam pelo paradeiro de seus tolos filhos, desaparecidos, e também os melancólicos fazendeiros impertinentes o bastante para me fazerem insinuações sombrias, mas rapidamente lhes mostro com quem estão falando e em pouco tempo a paz se estabelece. Quase do dia para a noite, deixo de ser o errante sagaz e destruidor de homens e me transformo, como as circunstâncias exigem, no soberano sensato de uma ilha pequena, mediando disputas em torno de ovelhas e fazendo planos com o engenheiro para dragar o porto. Penélope anda distraída e me sinto feliz por estar de volta ao lado dela, embora é claro eu não tolere a menor insubordinação, muito menos qualquer infidelidade.

Telêmaco é um jovem excelente. É capaz de jogar um javali mais longe até do que Aquiles e supera seus pares na corrida sem precisar derramar uma gota de suor. É carinhoso, leal e um ferrenho protetor de sua casa. Nele, a primazia de minha casa e de minha linhagem está segura por gerações, no entanto, a despeito de toda minha satisfação, às vezes hesito ao ver que ele tem os olhos da mãe.

12. Decréscimo

Na lassidão que sucede ao amor, Odisseu pergunta a Circe: "Qual é o caminho para a terra dos mortos?".

Circe responde: "Você está sufocado em meio a rolos de panos pesados. Você fecha os olhos em contato com o tecido áspero e, embora lute para se libertar, mal consegue se mexer. À força de muito se contorcer e espernear, consegue desvencilhar-se de uma camada, porém descobre que não só existe outra por trás dela como também que o peso que o esmaga não diminuiu em quase nada. Com espírito destemido, você continua a lutar. Em graus infinitesimais, a carga se torna mais leve e a sua constrição, menor. Por fim, você empurra um pedaço de pano pesado e grosseiro e, aliviado, sente que foi o último. Quando ele tomba, você se dá conta de que passou anos lutando. Você abre os olhos".

13. Epifania

Mutilei seu filho, o ciclope,* mas ele havia violado as leis da hospitalidade a que estão sujeitos deuses e homens, e Possêidon sabia disso. As águas estavam calmas quando eu velejava para longe daquela ilha, minha lança ainda viscosa com os humores coagulados do olho destroçado de Polifemo. Eu precisava de uma história, porém, e o rancor imaginário do senhor do mar era uma saída plausível — as pessoas sempre estão dispostas a atribuir aos deuses qualquer porção de índole vingativa geniosa. Mesmo depois que ela me abandonou, eu relutava em criar-lhe embaraços.

Ela me havia amparado ao longo da guerra. Nestor disse que jamais vira uma divindade amar um mortal de maneira tão declarada, e suponho que isso seja verdade. A tal ponto, de fato, que minhas amizades com outros homens ficaram estremecidas

* Houve uma raça de ciclopes, mas um deles, Polifemo, era filho do deus do mar, Possêidon. Na versão tradicional da Odisseia, Odisseu cega Polifemo e com isso atrai contra si o ódio de Possêidon.

— mais de uma vez entreouvi alguém me chamar de nefasto e alguns Aqueus faziam o sinal contra o mau-olhado quando eu passava. Mas eu não me importava — seu temor aumentava minha mística e os tornava maleáveis, fáceis de manipular, e de todo modo eu tinha a ela.

Muitas vezes ela falava comigo, se manifestava na forma de um irmão guerreiro, ou no grito de uma gaivota, ou no quebrar das ondas, ou muito raramente em sua própria pessoa, uma mulher alta e severa, de rosto comprido e fino, cuja pele era tão pálida que parecia reluzir. Nossas discussões, na maior parte, eram bem concretas — ela me dizia para não sair de minha tenda naquela noite, ou para buscar um certo troiano na hora da refrega, ou dizia que mentira eu devia contar ou que bobagem devia simular a fim de sobreviver durante as horas seguintes. De quando em quando ela se mostrava muito falante e me contava o que tinha visto pelo vasto mundo — gigantes rosnando e falando em revolta em meio às raízes das montanhas, uma nuvem de tempestade crivada de raios passando em disparada acima dos mares equatoriais, de água quente como o sangue.

Certas noites, quando a luta havia sido feroz, eu abria os olhos e, ainda meio em sonhos, a via parada diante de mim sob o luar, encostada em sua lança, olhando para a distância e parecendo ignorar-me. Algo em sua indiferença tinha um toque de falsidade e eu sabia que ela estava olhando para mim. Era como um gato que gosta de companhia, mas que não tolera ser tocado. Nunca falei nada, porém sua presença era um consolo para mim.

Às vezes sua ajuda era direta — duas vezes no campo de batalha eu a vi com o canto dos olhos se aproximando como uma nuvem escura a fim de envolver o inimigo e lançá-lo para o lado, a vida drenada do corpo, vazio como um odre de vinho.

Tempos depois, Heitor morreu e foi enterrado, Troia foi saqueada e depois queimada, Helena estava de novo na cama de Menelau e toda a linhagem de Príamo foi arremessada para o fundo do Hades. Minhas naus singravam baixas na água, abarrotadas com as riquezas de Troia, e a armadura de ouro de Aquiles, forjada pelos deuses, jazia envolta em linho perfumado dentro de minha cabine, um tesouro apto a reforçar a preeminência dos Laértida em Ítaca por três gerações. Na manhã seguinte, íamos levantar âncora e todos os homens estavam em terra firme para um festim derradeiro com os camaradas que provavelmente nunca mais veriam. A bordo, eu verificava todos os cabos, cordas e velas, a fim de me certificar de que tudo estava em condições de enfrentar o mar, após uma década encalhado na praia. Ela estava ali comigo, de súbito, e como sempre em sua presença eu via o mundo em relevos mais definidos. Não fiquei surpreso em demasia ao vê-la — talvez algo na voz do vento me houvesse prevenido. Em geral ela vinha armada, segurava sua lança com a naturalidade de um soldado, mas daquela vez não trazia arma nenhuma, nem armadura. Estava com um vestido branco e simples e, de forma desconcertante, tinha o cabelo solto — parecia quase uma adolescente. Eu já a vira mais radiante, mas nunca tão cordial. Fiquei envergonhado ao me ver com desejo de possuí-la e reprimi violentamente tal impulso.

Lembro-me de cada palavra sua e de cada inflexão de voz. Não vou repetir o que ela disse, embora aquilo vá sempre ecoar em meus devaneios. A sensação geral era de que ela estava me oferecendo tudo. Vale dizer, oferecia a si mesma. E como marido de uma habitante do Olimpo, e uma habitante das mais bem aquinhoadas em poder e em honra (como ela me fez lembrar de modo assaz correto), eu receberia a imortalidade. Teríamos a eternidade inteira juntos. Todos nos teriam temor, amor, e ninguém poderia tocar em nós.

Sou experiente no que tange a matar e nem sempre ataco

pela frente. Vi amigos morrerem diante de meus olhos e pisoteei seus corpos enquanto a batalha e o dia quente se prolongavam. Minha pele é grossa, mas o embaraço dela enfraqueceu meus joelhos. Ela estava ruborizada e sua voz correu depressa demais por uma fala obviamente preparada de antemão, ela, que nunca se atrapalha com as palavras, que nunca duvida nem hesita. Aquela era a Olhos Brilhantes, a Lança Cinzenta, a Amante de Batalhas, a Rápida de Pensamento, a deusa que eu tinha visto correr aos risos para lutar corpo a corpo contra Ares, o devastador, girando o braço desdenhosamente ao arremessar a lança e dirigindo seu contragolpe certeiro através do ombro dele. Empolgando-se com sua oratória, ela elogiou minha compreensão e a rapidez de minha mente, apenas comparável à dela, mesmo entre os imortais. Louvou minha beleza e minha tranquilidade (esta eu admito de bom grado — quanto à primeira, sou bastante forte, mas não sei dançar, nem sou alto, nem tenho a pele fina, e já não sou jovem). Senti-me como uma criança que olha para o pai, incorruptível e imóvel, fora do alcance de toda paixão humana, desmanchar-se em lágrimas.

Não creio que precise acrescentar que não pude aceitá-la. O que eu haveria de fazer? Seria seu Ganimedes, serviria o vinho e olharia radiante enquanto ela falava com seus pares, o seu belo rapazinho, com cicatrizes, rugas e pele queimada de sol? Ou, pior ainda, eu poderia ser o seu senhor, ser um marido propriamente dito, e torná-la minha colaboradora de casa e parceira de leito, tê-la à minha espera enquanto eu falava com o Pai Zeus sobre assuntos magníficos. A ideia é absurda. Mesmo que pudesse ser de outro modo, ela é linda e rápida e seu pensamento é como o relâmpago, mas ela é uma deusa e, portanto, remota e não consigo imaginá-la como qualquer outra coisa. Comecei a compor uma objeção eloquente e humilde, mas para meu duradouro remorso não consegui conter o riso. Ela ficou muito vermelha e por um momento se mostrou tão furiosa que pensei que eu ia morrer naquele instante — os casos de amor dos deuses, fracassados ou não, raramente terminam bem para seus amantes.

Mas ela não me abateu. Seu rosto desanuviou e ela me deu um beijo na face, uma vez, e desapareceu. Desde então, não a vi mais.

Não muito tempo depois, a situação piorou. Não creio que ela tenha me perseguido — isso estaria abaixo dela —, mas senti sua ausência e creio que nenhuma ninfa de rio ou deus do vento virá em meu socorro, sob o risco de se transformar em alvo de seu ódio. Além do mais, mostrei-me imprudente depois que ela me deixou e paguei por isso com minhas naus, todas agora naufragadas, e com meus homens, todos agora mortos, sem túmulos para marcar seu falecimento.

14. Fragmento

Um único fragmento é tudo o que sobrevive do canto quarenta e cinco da Odisseia:

> Odisseu, entendendo que sua reputação para astúcias o precedia, começou a inventar histórias para si mesmo e a disseminá-las onde quer que estivesse. Isso produziu o efeito desejado de toldar a percepção e distorcer as expectativas, tornando mais fácil para ele agir da maneira como estava habituado, mas também produziu o efeito inesperado de que uma de suas mentiras, com variações de menor monta, acabou se tornando a Odisseia de Homero.

15. O golem dos mirmídones

O orgulho ferido justifica o rapto, pensou Agamêmnon, quando esse orgulho é o meu. Ele havia acabado de recrutar o mago Odisseu na ilha de Ítaca, apontando a espada para o pescoço de seu filho bebê. Poderia ter pedido que ele viesse, mas temia os troianos em demasia e não se atrevia a correr o risco de uma recusa. Com sua autoconfiança característica, supôs que sua vítima logo aceitaria sua servidão como um fato consumado e abraçaria o desígnio dele, Agamêmnon. Odisseu o odiava, tanto por sua presunção quanto pelo rapto. Da proa de sua nau, ele mirava Ítaca, que diminuía no horizonte, e sentia saudades de sua oficina, onde poderia ter invocado uma sílfide bem falante capaz de capturar Agamêmnon e isolá-lo no pico mais gelado do Cáucaso. Naquela circunstância, não via outra opção, senão esperar a sua vez.

Uma semana depois de partir de Ítaca, a nau tocou em Siros.* Odisseu recebeu ordens de recrutar o guerreiro Aquiles, e

* Ilha do mar Egeu.

que o fizesse no prazo de um dia, do contrário ele, Agamêmnon, velejaria de volta para a costa agora desprotegida de Ítaca — ele estava sempre carente de mais escravos. Agamêmnon disse: "O oráculo de Delfos decretou que Aquiles deve velejar comigo, do contrário encontrarei uma morte maligna à minha espera quando regressar de Troia. É claro que entende por quê, dentre todos meus homens, escolhi você para esta missão". Odisseu ficou admirado ao ver que Agamêmnon esperava que ele fosse afetado por tamanha bajulação. No entanto Odisseu desembarcou e seguiu rumo à corte do rei de Siros, Polixeno, um velho amigo e camarada devoto das artes herméticas.

Polixeno disse a Odisseu que Aquiles, seu finado guardião, morrera, picado no calcanhar por uma víbora. Sua mãe, a ninfa Tétis, havia aparecido numa nuvem de graça e cuidara dele, mas o veneno era implacável e no sétimo dia o rapaz desceu ao Hades. Odisseu segurou a cabeça entre as mãos — nem mesmo uma feiticeira seria capaz de chamar Aquiles de volta dos mortos e Agamêmnon era um homem resoluto e obtuso que se orgulhava de não se deixar abalar pela força da razão.

Polixeno apiedou-se de seu amigo e sugeriu que usassem suas artes a fim de moldar um simulacro de Aquiles feito de barro. Tal imitação não resistiria a uma inspeção mais atenta, mas poderia enganar a todos durante algum tempo. Se necessário, o duplo poderia ser discretamente derretido na água do mar. Observou que ninguém no exército grego jamais havia posto os olhos em Aquiles — quem eram eles para pôr em dúvida o Aquiles que lhes davam? Objeções pulularam na mente de Odisseu, mas, como não tinha ideia melhor, dominou-se e concordou, com todo o entusiasmo que conseguiu reunir.

Altas horas da noite, os dois senhores esgueiraram-se sorrateiros pelo portão dos fundos e encheram sacos de lona com o barro molhado da beira do rio. Na hora em que a lua subiu, os dois se encontravam no porão frio e poeirento do palácio, modelando o barro em forma de homem. Suas proporções eram as de um herói, com base na teoria de que as idiossincrasias são suspeitas num aristocrata, mas pode-se esperar absolutamente tudo de um homem cuja constituição física declara que ele é um semideus.

Atraíram uma jovem e bela escrava ao porão, com insinuações de prendas e de favores, e lá cortaram sua garganta, assim que ela cruzou a porta. Escavaram uma cavidade no peito do golem e encheram-na com o sangue da jovem, de modo que o golem pudesse compartilhar sua exuberância. Ao cantar do galo, o corpo da jovem escrava foi enterrado embaixo de um carvalho e o golem foi arrematado até os fios de cabelo. Odisseu entalhou a palavra "Vida" na testa daquela coisa prostrada e seus olhos baços se abriram.

As faces do golem ficaram ruborizadas e sua pele era tão cálida e lisa como porcelana recém-cozida no forno. Quando se pôs de pé, pareceu duro, sem articulações. Dúvidas fervilharam no pensamento de Odisseu — o cabelo não parecia real, o tom da pele estava errado para um nativo de Micenas e seu olhar tinha uma fixidez estranha, carregada. Porém era tarde demais para alterar o que quer que fosse, e assim o cingiram numa armadura, puseram uma lança em sua mão e disseram-lhe que seu nome era Aquiles. O golem fez tudo aquilo que esperavam que fizesse, abriu portas, tirou do lugar facas e alambiques, no entanto por mais que lhe ordenassem e o bajulassem ele não falava. Odisseu preferia devolver aquela coisa ao barro e recomeçar tudo de novo, mas Polixeno o fez ver que o rei estava esperando. Convocou seu filho Pátroclo e lhe disse para ir com Odisseu e ajudar a dar respaldo ao logro. Na primeira hora da luz do dia, envolveram o golem em panos negros e encaminharam-no às pressas rumo à nau que os aguardava.

Agamêmnon ficou encantado por ter evitado um destino mais amargo. Odisseu e Pátroclo monopolizavam calmamente seu protegido, o qual, nas raras ocasiões em que os dois não estavam com ele, ficava de pé, reto como uma tábua, à beira da amurada e fitava o horizonte. Odisseu explicou sua reserva como a altivez de alguém que tem mais de deus do que de homem e Pátroclo explicou aquilo como saudades do lar. Por fim, Odisseu admitiu para Agamêmnon que Aquiles estava um tanto desequilibrado por obra das influências divinas e que provavelmente jamais se assemelharia a um homem comum — não havia revelado aquilo antes por temor de ser acusado de um fracasso em sua missão e com isso sentenciar sua esposa aos grilhões. Agamêmnon riu e lhe disse que não precisava se preocupar com tais ninharias, quando estava lidando com um homem honrado e de grande coração.

Em Troia, Pátroclo dividia uma tenda com Aquiles, e era amplamente aceita a ideia de que os dois eram amantes. De fato, Aquiles era incansável, infinitamente obediente e sagaz o bastante para cozinhar, costurar e polir, o que permitia a Pátroclo viver no luxo indolente que almejava.

A eloquência de Aquiles em batalha compensava sua mudez, e o logro continuava despercebido. Certa vez, Páris alvejou-o no rosto com uma flecha a queima-roupa — ela se cravou, palpitante, em sua face. Aquiles arrancou-a junto com uma baforada de pó, arremessou-a longe e voltou a seu trabalho sangrento. Na confusão da refrega, em que amigo e inimigo se cobriam de nódoas de terra branca e de sangue, ele às vezes matava a esmo, ignorando os gritos aterrorizados e enfurecidos dos gregos, e assim se tornou temido igualmente por gregos e troianos.

Odisseu, com ar de aprovação, fazia a contagem dos montes de mortos gregos e troianos acumulados por sua criatura — os troianos eram um inimigo legítimo e além do mais meros estrangeiros e quanto aos gregos, eram tolos a serviço de um rei tolo.

Seu prazer com aquele logro chegou ao fim quando Heitor pôs sua lança atravessada no coração de Pátroclo. Aquiles viu Pátroclo morrer e foi postar-se junto ao corpo, espantando Heitor, enquanto tentava despertar o amigo morto. Os troianos o rodearam com cautela, Aquiles matou os que se aproximaram em demasia. A batalha se deslocou para outra parte, mas Aquiles continuou junto ao corpo ao longo do dia e da noite, às vezes cutucava Pátroclo com o pé, às vezes olhava em redor como se pedisse ajuda, mas era o único que restava na planície iluminada pelo luar. Na manhã do segundo dia, algum discernimento da morte deve ter se infiltrado em seu espesso crânio de barro, porque sem aviso empunhou e ergueu uma lança, correu oitocentos metros rumo ao coração da batalha e atirou-se de cabeça no combate. Lutou com fúria, matando gregos e troianos de forma indiscriminada. Ignorava os golpes mais brutais e seu braço nunca se cansava — a flor de ambos os exércitos derramou seu sangue no campo de batalha e logo todos fugiram, deixando Aquiles parado e apático no meio dos cadáveres, com uma espada de bronze pendente da mão. Inverteu a posição da lâmina e golpeou o próprio abdômen, partindo a espada.

Nos dias seguintes, ambos os lados se ativeram a seus baluartes e mesmo assim tinham medo de que Aquiles os esmagasse, posto ser indiferente tanto a golpes quanto a súplicas. Quando espiavam por cima de suas barricadas, viam Aquiles caminhando num lento circuito em torno das muralhas da cidade, arrastando Pátroclo atrás de si, pelas canelas, e de vez em quando olhava para trás a fim de ver se não estava se mexendo.

Os gregos já estavam fartos. Agamêmnon disparava invectivas, mas nada podia fazer para impedir que deixassem o campo de batalha e se encaminhassem para suas naus. Odisseu sentiu-se aliviado, pois ninguém se lembrou de questioná-lo acerca do comportamento extraordinário de Aquiles e resolveu que era hora de dar fim à carreira de sua criatura. Numa cinzenta manhã, quando os outros capitães preparavam suas naus para enfrentar o mar, ele apanhou um punhado de lama preta nas margens do rio Escamandro e seguiu sozinho rumo à planície deserta onde Aquiles perfazia seu macabro circuito em torno de Troia (aquilo já durava três dias quentes e os restos mortais de Pátroclo se encontravam num estado lastimável). "Ei, você aí! Venha cá", disse Odisseu com uma confiança que não sentia. "Estou aqui para ajudar. Vou fazer seu amigo ficar tão vivo quanto você." Aquiles aproximou-se, todo ele inocência, enquanto seu fardo sulcava a poeira atrás dele. "Dê-me seu capacete", disse Odisseu. Quando Aquiles ergueu o capacete da cabeça, Odisseu estendeu a mão e esfregou a lama de sua testa, apagando a palavra "Vida". Aquiles ficou parado, segurando o capacete nas mãos, imóvel como uma pedra qualquer.

Odisseu ponderou que odiava igualmente os dois lados em guerra e poderia muito bem fazer a ambos um desserviço, assim colocou o golem inerte numa carroça e levou aos portões troianos. Bradou aos guardas nas muralhas: "Aquiles, o flagelo da planície, não existe mais — enlouqueceu de tristeza e atirou-se no mar. Era o nosso melhor homem e não temos mais estômago para a guerra. Portanto aceitem este monumento em memória de nossa contenda, uma estátua daquele que foi a um só tempo nossa força e nossa ruína. Aceitem, se quiserem, e coloquem-no em sua cidade a fim de honrar o homem que massacrou seus melhores guerreiros, mas em compensação salvou a cidade". Odisseu afastou-se ligeiro, enquanto nuvens escuras acudiam ao céu, a chuva caía e a lama escorria do rosto de Aquiles em pequenos regatos negros.

16. Três ílios

Muito tempo atrás, alguém que desconheço recostou-se nessa pedra que esfriava sob o céu do crepúsculo da tarde e antes pressentia do que via os rústicos rebanhos de órix e íbex movendo-se lentamente em meio às moitas. A tensão no ar aumentava à medida que o sol se punha e os torpes predadores empinavam suas orelhas em suas árvores e em seus covis, à espera de que a planície mergulhasse em seu ambiente, a penumbra. Uma leoa, em silhueta, esticou a coluna comprida no pico de um monte solitário de onde se avistava uma praia branca e o mar, um local bem protegido, bom para uma cidade.

Daqui a muito tempo, alguém que desconheço vai ficar parado na planície branca onde estou agora. Vai falar um idioma diferente e as montanhas ao longe podem ter desmoronado, mas há certas constantes que vão dar forma à sua vida de maneira segura — reis gostam de árvores grandes cujas raízes são regadas na ignorância, gostam de homens que vão para a guerra com relutância apenas para descobrirem que têm a alma de chacais, e de fortalezas semelhantes a montanhas, tão imóveis e inevitáveis quanto elas. Prevejo que um relance de intuição o fará olhar para o túmulo ou para a cratera, ou para a clamorosa cidade dispersa onde antes Troia se erguia e intuir quantos homens, outrora, debruçaram sua mente sobre sua destruição.

Tais desconhecidos usaram e vão usar sua sagacidade para compreender o mundo até o ponto que forem capazes, embora esse ponto não chegue muito longe e nem chegará nunca muito longe, e eles não souberam e não saberão nem de onde vieram nem quem são. Sua ignorância, eu deduzo, também abarca os nomes verdadeiros das estrelas, a linguagem dos pássaros e a chave para as tortuosas e incessantes defesas de Troia. Como é possível que eu, que desfruto a maior vantagem que existe, a única vantagem, a de viver no presente, seja igualmente ignorante?

17. Sereias

Circe contou-me que o canto das sereias era irresistível, a própria essência do desejo, e que ninguém que o ouvisse passaria ileso, como podia ser atestado pelas ossadas de seus admiradores que rolavam para um lado e para o outro nas poças rasas formadas pela maré em redor dos recifes das sereias. Mas nunca fui de deixar um enigma sem solução ou, como entreouvia meus homens dizerem, eu não tinha sossego, e assim resolvi ouvir eu mesmo o canto das sereias.

Parecia que minha curiosidade podia ser satisfeita mediante uma logística simples. Quando a nau se aproximou do rochedo das sereias, eu me fiz amarrar ao mastro, enquanto a tripulação encheu seus ouvidos com cera de abelhas. Parecia estranho que ninguém tivesse pensado naquilo antes, mas em geral não há meios de calcular a burrice bovina da humanidade.

Havia duas sereias. Quando nos aproximamos das ondas de espumas brancas em torno do recife, eu as vi sentadas, de costas eretas, a coluna comprida esticada e o olhar fixo em nós. Seu torso era alongado em excesso, os dedos tinham articulações em demasia e seus olhos eram verdes e frios. Uma disse algo para a outra numa língua musical e aguda e meus olhos começaram a ficar cheios de água — a outra riu e as duas começaram a cantar.

Enquanto cantavam, recordei-me do rosto de um troiano cujo nome eu nunca soube e que eu havia matado diante das altas muralhas daquela cidade, a surpresa do homem quando o ataquei em seu ponto fraco, como foi fácil introduzir a ponta de minha lâmina em suas defesas, a ira nascente do troiano ante a afronta contra seu corpo, uma emoção desenhada apenas até a metade em seu rosto quando a morte o encontrou, o puxão em minha espada quando seu corpo tombou para trás. Recordei a primeira vez que vi Penélope, se afastando de mim num pátio branco em Esparta. Recordei Ítaca no dia em que parti. Vi como eu estava longe de meu lar, como era remota a chance de ver meu lar outra vez. As sereias acenavam, chamavam-me com desejo, me ofereciam alívio para meu sofrimento por estar longe do lar, mas eu ria com prazer de me ver perdido e de ser um incauto, um errante em ilhas desconhecidas, que ignorava a forma de meus dias. "Isto não é tão ruim", eu dizia a mim mesmo. "Qualquer um que se deixe abater por tais monstros é um tolo caseiro ou então um sentimental."

As sereias, que me fitavam com toda a atenção, ficaram em silêncio, desconcertadas por um momento. Deliberaram em voz baixa e pensei que podiam ter desistido, quando começaram a executar outra canção, um intrincado contraponto formado por alguns poucos temas, que se entrelaçavam em variantes.

Seu canto caiu sobre mim e foi como se retirassem um véu de meus olhos. Vi como Aquiles, cuja humanidade se reduzia à velocidade, à força e ao orgulho intrépido, fizera sua inevitável marcha vagarosa rumo à morte, arrastando Agamêmnon, Pátroclo, todos os gregos e a casa real de Troia aos trambolhões atrás de si. Vi a implacável autoconfiança de Agamêmnon espelhada na recusa piedosa e amável de Príamo de salvar sua cidade.* Vi o amor de Heitor à pátria e à família contraposto à loucura de Aquiles, sequioso de glória, e sua ligeira impaciência com a chegada da morte, a qual ele sabia estar se aproximando. E recobrindo todos eles havia as paixões e as rivalidades dos deuses excelsos, que, como os ventos do *scirocco*, expurgavam tudo aquilo em que tocavam. Por fim vi a mim mesmo, vi como minha sagacidade suplantava a de outros homens, porém não me conferia qualquer primazia sobre o destino e vi como, num tempo ainda por vir, não me traria outro proveito que não, talvez, a compreensão do pleno alcance de meu desamparo.

À medida que o canto delas aumentava num crescendo, me veio a repentina convicção de que o mundo, que eu considerava o domínio de acasos sem sentido, uma louca dança de átomos, era na verdade tão ordenado quanto os hexágonos nos cortiços de abelhas de que eu havia extraído a cera pouco antes, e que por trás de tudo, desde a tecelagem de Helena até a montanha de Circe e a morte de Cila, havia um esquema sutil, uma ordem dotada da lucidez mais cativante que existe, porém oculta de mim, um código cujo segredo eu jamais conseguiria quebrar.

Abruptamente, o canto cessou e eu tombei para a frente com um tranco do corpo, as cordas se afundavam em meu peito, enquanto os homens conduziam a nau para longe. Eu clamava aos brados para que as sereias prosseguissem, gritei que eu estava prestes a encontrar uma resposta, mas elas me viram partir, com seus queixos escorados nas mãos.

Tentei reconstituir seu canto durante o tempo em que seus ecos ainda perduravam em minha mente, mas tudo que eu era capaz de lembrar eram quatro versos:

* O autor provavelmente entende que Príamo poderia ter salvado sua cidade violando as regras da hospitalidade e entregando Páris aos aqueus.

Vemos a velha soldadesca de Acaia
Enfeitiçada e fora do tempo.
Não pode haver vida na terra
Oculta de nossos sonhos. *

Quando os recifes tinham ficado muito para trás, os homens me desamarraram. Fazendo um esforço para me mostrar tranquilo, contei-lhes que não tivera tempo para escutar tudo e que precisávamos voltar. Os homens se entreolharam com o canto dos olhos, mexeram os pés no chão e se esquivaram de meu olhar. Eu os amaldiçoei, chamei-os de cães desobedientes cuja sina na vida era obedecer e não questionar. Com relutância, fizeram o que pedi, recolocaram a cera nos ouvidos, me amarraram outra vez ao mastro e refizemos nossa rota. Ancoraram a nau à distância de uma flechada dos monstros e ficaram em guarda junto à amurada, com as flechas nos arcos e as lanças abaixadas.

As sereias olharam para mim e nada disseram. Acenaram com suas mãos estranhas e sorriram (eu me perguntei como conseguiam não cortar as línguas, com dentes tão compridos e pontiagudos). Roguei a elas, implorei, disse impropérios. Elas devem ter achado graça. Logo perderam todo interesse e deitaram-se para dormir em seus leitos de basalto negro e retorcido. Um tripulante nervoso disparou uma flecha que estalou nas pedras antes de afundar no mar.

Os homens confabularam entre si por meio de gestos, em seguida levantaram a âncora e nos levaram embora, deixando-me amarrado ao mastro. Esbravejei para que voltassem, mas me ignoraram ou apontaram para os ouvidos com uma incompreensão exagerada. Velejamos a boa velocidade o dia inteiro e deixamos as sereias muito para trás.

* Isso é idêntico ao texto do canto das sereias do Canto Doze da Odisseia padrão.

Libertaram-me sob a luz de archotes. Eu tinha uma ordem pronta nos lábios, mas vi o motim estampado em seus rostos intencionalmente impassíveis e fui me instalar na popa da nau, olhando por cima do mar liso e iluminado pelo luar e pensando nas sereias, languidamente esparramadas debaixo das estrelas, os braços entrelaçados, cantando serenamente para si mesmas, por cima do sussurro das ondas.

18. A Ilíada de Odisseu

Muitas vezes me perguntei se todos os homens são tão covardes quanto eu. A flor da Acaia, os eleitos de Ares, homens disciplinados e de músculos rijos que não sabem o que é o medo — tudo uma fraude, um engodo para bardos e fanfarrões e que nada tem a ver com a sordidez maçante da guerra.

Não tenho nenhum talento para as artes marciais. Eu era o desespero do mestre de armas, porém era o herdeiro e, para seu desgosto, ele não estava em condições de me dispensar. Quando eu deixava cair minha espada de treinamento, batia na própria cabeça com minha lança ou me desmanchava em lágrimas de frustração, ele sorria com desalento e dizia num bom humor forçado: "*Qualquer pessoa* consegue aprender a lutar, com a necessária dedicação". E, vejam só, o bom homem estava certo — a despeito de minha falta de jeito, de minha gordura, de meus músculos sem flexibilidade e de minha inclinação para gritar quando sob tensão, no final consegui de fato alcançar um nível modesto de habilidade com as armas, graças sobretudo ao meu pai, que assistia a nossos treinamentos e incentivava o mestre a me golpear com crueldade, se eu desse qualquer coisa abaixo do melhor de mim. E de fato ele me acertava, e muitas vezes, se bem que a favor dele devo dizer que não creio que apreciasse aquilo. Após uma surra, ele me ajudava a levantar, tratava de meus ferimentos e dizia: "Desculpe, garoto, mas são ordens de seu pai e você vai enfrentar coisa pior do que isso quando for para a guerra". Eu sonhava em ascender logo à minha função e mandar que ele fosse chicoteado e escravizado.

A exceção à minha inépcia militar generalizada era o arco e flecha, no qual eu brilhava. Quando puxava a corda, o mundo se acalmava e eu só tinha consciência do alvo, que eu encarava com interesse, mas sem malícia, enquanto minha flecha quase invariavelmente encontrava seu destino. Para minha infelicidade, isso apenas exacerbava minha reputação de falta de virilidade — pois, como permite alvejar de uma posição segura, o arco é uma arma covarde, o tipo de coisa usada por nômades e por asiáticos. Eu podia acertar no olho de uma gralha a cem passos quantas vezes quisesse e ainda assim era desprezado.

Minhas vergonhosas aptidões não se limitavam ao arco e flecha — além disso eu era eloquente. Nunca me via em apuros quando se tratava de contar uma história, mentir ou achar um sinônimo. Podia recitar a epopeia de Héracles depois de a ter escutado apenas quatro vezes. Eu era idealmente talhado para ser um bardo, profissão própria apenas a vilões, homens que vagavam sem governo e viviam ao sabor dos caprichos dos senhores de terras, como meu pai me fazia ver quando acontecia de eu puxar o assunto. Ele e seus homens diziam coisas como: "Estamos aqui para viver as histórias, não para compô-las!". Cantai, Musas, o ódio do cabeça de bosta semelhante a um deus, senhor hereditário dos poderosos coprófagos,* que perfurou uma por-

* Que comem excrementos.

ção de homens com sua vara de atiçar porcos e que se julgava grande por ter feito tal coisa.

Quando eu tinha vinte anos, Agamêmnon, o Rei Excelso, veio à ilha a fim de formar um exército. A esposa de seu irmão havia preferido um príncipe de olhos puxados com um palácio a seu marido legítimo, um rei espartano que morava em uma choupana de barro e dormia com os porcos para se aquecer. Em caráter privado, eu louvava o bom senso daquela mulher.

Meu pai me apresentou como voluntário para comandar nossas tropas. A idade o deixava lento e nos últimos tempos andara transferindo mais responsabilidades administrativas para mim, mas eu não contava me ver tão cedo na função de comandante militar. Eu fazia questão de me portar como achava que faria um herói enrijecido pelas batalhas, zombava do perigo em voz alta e, embora achasse que minha encenação fosse evidente até para uma criança, parece que convenci meu pai e também os homens da guarda — eles deram um grito de alegria quando receberam a notícia e prontamente começaram a partilha antecipada das filhas e dos tesouros do velho rei Príamo.

Recusar-me a ir para a guerra era impossível. A única desculpa seria a loucura ou a doença, e seria algo muito suspeito ser acometido por uma enfermidade terrível justamente quando estava prestes a partir. Naquela altura, um homem de estirpe comum teria se dado conta de que a situação era impraticável e se curvaria diante do destino, mas minha covardia me tornava capaz de feitos extraordinários.

Meu pai promoveu um festim em honra ao Rei Excelso e pela primeira vez pude olhar bem para ele. Conhecia sua reputação de guerreiro, mas em seu rosto havia uma obstinação como eu nunca tinha visto. Parecia um homem capaz de se lançar à retaliação com toda sua força caso o enganassem, ainda que fosse por uma ninharia.

Representei, com todo o talento que tinha, o papel do rapazola ansioso para ganhar fama. E como eu estava sedento de deixar a maçante Ítaca, ver o mundo, ganhar renome com meus feitos de armas e assim por diante. Com um ar distante por um momento, falei: "E Troia fica mesmo muito longe daqui? Se um homem adoecer lá, suponho que não tenha outra opção senão ficar e lutar, não é?". E disparei um olhar rápido e inquiridor para Agamêmnon. Palamedes, o lugar-tenente de Agamêmnon, homem calvo e calado que pensava muito e falava pouco, olhou para mim como se de súbito eu tivesse me tornado interessante.

Após alguns minutos, assumi o aspecto mais enfermiço possível e apresentei minhas desculpas. Saí, fechei a porta e, respirando fundo tombei com estrondo, meus calcanhares bateram com força de encontro ao chão. A porta foi aberta — lá estavam Agamêmnon e Laertes, Palamedes e o Mestre de Armas, todos os homens junto aos quais eu havia crescido olhavam para mim, que me contorcia no chão, enquanto a saliva escorria pelo meu queixo. Em meio a meu balbucio convulsivo, murmurava: "Fechem a porta. Fechem a porta!". Constrangidos, fizeram isso, esperando que eu concluísse meu ataque com privacidade. Após um minuto, desisti, nauseado de alívio.

Na manhã seguinte, apresentei-me para o treinamento munido das armas, como de costume, o rosto cinéreo, muito soturno. Papai estava ali, quase emasculado pela dor — seu filho era um bem avariado, para todos os efeitos impróprio para o casamento e inviável para as batalhas. Agamêmnon espalmou a mão avuncular em meu ombro e perguntou como eu estava passando e Palamedes perguntou se eu já havia sentido o toque de um deus quando era acometido por um ataque. Eu sabia que os ataques eram muitas vezes precedidos por epifanias, portanto admiti com relutância que sim — às vezes, eu lhes disse, era como se Palas Atena em pessoa falasse comigo, enquanto meu acesso estava em curso, e sussurrava segredos em meu ouvido. Foi a primeira coisa que veio à minha mente. Eu tinha a atenção enlevada de todos eles, o que me deixava confiante e, como um tolo, enfeitei minha familiaridade com a deusa. Agamêmnon sorriu e fiquei horrorizado ao ver em seu rosto uma emoção que julgara alheia a ele — a generosidade. "Meu rapaz, você tem sorte. Palamedes estava agora mesmo me contando a respeito do guerreiro Laon, que sofria a mesma doença que você, mas isso jamais o deixou menos ativo, nem por um momento. Portanto, veja bem, não existe nenhuma razão para se preocupar. Aliás, eu soube que é até um sinal de sorte ter a doença do toque dos deuses. E nesta campanha creio mesmo que vamos precisar de toda sorte que pudermos reunir, ha, ha!" Deu umas palmadinhas no meu ombro outra vez e se retirou para vistoriar suas naus. Palamedes sorriu para mim, antes de seguir o rei, e resolvi que, se tivesse uma oportunidade, eu trataria de matá-lo.

Eu esperava que a guerra fosse curta e que pudesse regressar com uma imerecida reputação de bravura. No início, o entusiasmo era grande. Agamêmnon e seus lugares-tenentes esperavam uma vitória rápida, mas logo ficou claro para mim que tal coisa não existiria. As muralhas troianas eram altas e grossas, nossas máquinas de sítio eram toscamente inadequadas e nas tropas não havia um único sapador experiente. Os troianos estavam cientes de nossas fraquezas, ao passo que nós ignorávamos suas forças — eles só lançavam suas arremetidas quando haviam reunido forças esmagadoras, capazes de reduzir seus riscos ao mínimo. Na maior parte do tempo, se contentavam em deixar que consumíssemos nossas energias em vão contra suas muralhas inexpugnáveis.

Sua cidade era maior e suas fortificações eram mais fortes do que quaisquer outras na Acaia — compreendi que Agamêmnon baseava sua estratégia em sua experiência de ataques a cidades pequenas no litoral da Ática. Fui o primeiro, mas nem de longe o último, a se dar conta de que nosso fracasso era seguro. Tentei persuadir Agamêmnon e seus correligionários por meio de palavras ladinas, mas escarneciam de mim, indagando em termos retóricos em quais campanhas eu já havia combatido e se não preferia me esgueirar para casa com o rabo entre as pernas, deixando a honra invingada e a glória estirada na poeira. Debalde argumentei que a honra podia muito bem ser satisfeita sem a perda de tempo, de homens e de equipamentos.

O acampamento cheirava a homens que não tomam banho, o que em si já era horrível, mas se tornava ainda pior com os soldados embriagados e tão trôpegos que não conseguiam percorrer os trinta metros que os separavam das covas das latrinas. Só eu parecia me importar com a fedentina — os outros respiravam aquele ar como se fosse um perfume. Ficavam felizes em consumir as noites bebendo e contando mentiras sobre suas conquistas de cidades e mulheres. Durante o dia, lutavam e aqueles que tinham sorte bastante para sobreviver voltavam para o acampamento a fim de repetir o ciclo no dia seguinte, sem nunca parar.

Muitas vezes me vi à beira de simplesmente ir embora e velejar de volta para Ítaca. Só não fugi porque eu perderia toda a moral com meu pai e com nossos súditos. Como papai e eu sabemos, e como tentamos não trazer à memória deles, não existe nenhuma boa razão para que nossos súditos paguem seus impostos, remem nossas naus, lutem em nossas batalhas e batam continência para nós, senão pela tradição e pela ameaça de violência (que existe implícita, formosamente civilizada e recoberta por um verniz nas famílias melhores e mais antigas, como a minha). Por mais que eu detestasse a guerra, havia pelo menos a perspectiva de uma vida tolerável depois dela. Meu pai me deserdaria se eu desonrasse nossa casa, e eu preferia morrer a rebaixar minha condição social.

Eu ponderava que não existiam homens corajosos, porém

Aquiles e Peleu eram exceções. O jovem chefe dos mirmídones tinha o porte de uma montanha mas a ligeireza do vento. Mulheres achavam-no gracioso, mas ele reservava todas as suas afeições para os rapazes, Pátroclo e Antíloco. Em combate, era ele quem demonstrava mais sangue-frio e era o homem mais aterrador que eu jamais tinha visto. Eu apreciava ir atrás de sua esteira no campo de batalha — conquistei os primeiros entalhes em meu escudo ao dar cabo dos troianos que ele havia ferido em seu caminho. Pensei: Aqui está um homem que, à sua maneira, é tão diferente do homem comum quanto sou eu mesmo.

Fiz dele meu objeto de estudo. Era devoto de uma deusa do mar, Tétis, e se demorava horas em preces silenciosas, sentado diante de um santuário portátil dedicado a essa deusa. Eu o observava treinar com Pátroclo e com os mirmídones. Vinha praticar bem cedo e, para cada javali que seus homens derrubavam, mesmo os campeões, ele derrubava três. A seu modo, era implacável como a morte. Ganhar sua amizade era fácil, pois os demais chefes julgavam-no presunçoso e abstêmio e ele tinha poucos amigos. Era fácil soltar sua língua — dava-me a impressão de que gostava de falar de si, mas raramente tinha oportunidade. Contou-me que fora abençoado por Tétis ao nascer e que a deusa o tornara imortal, imune a todas as armas. Mas a despeito de tudo isso sua imunidade era limitada — o dia de sua morte já estava determinado pelo Destino e nem mesmo os deuses podiam alterá-lo. Por conseguinte, pretendia conquistar toda glória que pudesse no prazo dos dias de que dispunha. Questionei o valor de uma imortalidade que durava exatamente até a morte da pessoa, mas o fatalismo de Aquiles era inexpugnável e ele riu de mim e me chamou de sofista.

A guerra se arrastou por anos. Apenas nosso contingente numeroso impedia que fôssemos desbaratados. Perdíamos cinco homens para cada homem que eles perdiam, o que, de maneira alarmante pelo menos para mim, era tido como um índice razoável de baixas, posto que nosso contingente superava o deles na proporção de dez para um. Eu não queria me incluir entre os sacrificados e assim tornei-me hábil na criação de táticas, previa os lugares em que os troianos iriam atacar e tratava de ir para outra parte. De tempos em tempos eu adivinhava onde os troianos estariam enfraquecidos e lhes preparava emboscadas, só para evitar a reputação de um homem que se esquivava de dificuldades. Ao longo dos anos, os laços de autoridade tribal enfraqueceram e homens de olhos astutos e disposições semelhantes foram atraídos para minhas tropas.

Eu estava com Aquiles quando o destino o encontrou. Heitor, o sustentáculo do exército troiano, surgira no coração da batalha e pusera os gregos em debandada. Aquiles foi direto de encontro a ele, mas seus guarda-costas foram abatidos e ele se viu mais ou menos sozinho — eu, como sempre, me mantinha atrás, esperando para ver o que ia acontecer. Instigados por Heitor, os soldados rasos troianos lançaram-se contra Aquiles, que desapareceu na massa de soldados. Eu já ia gritar que eles deviam vir lutar comigo, e não contra Aquiles — eu tinha às minhas costas um caminho livre de fuga para o acampamento —, mas as fileiras de soldados se romperam em pedaços, quando Aquiles explodiu de dentro delas, rodopiando a lança, retumbando seu grito de guerra metálico e cruel, e por um momento pensei que aquilo não podia ser um homem, que aquilo só podia ser o próprio deus da guerra. Ele trucidou muitos, pôs em fuga outros tantos e, o melhor de tudo, atravessou sua lança no grande maxilar de Heitor.

Eu esperava que ele perseguisse os sobreviventes, mas limitou-se a ficar onde estava, apoiado em sua lança. Vi que tinha o rosto sem cor e trêmulo, o pé esquerdo encharcado de sangue coagulado — fora ferido afinal, era grave, o tendão no calcanhar esquerdo fora cortado até o fim. Pus seu braço sobre meu ombro e ajudei-o a capengar de volta ao acampamento. Os médicos fizeram um curativo, mas o ferimento infeccionou e quando fui visitá-lo senti o cheiro de gangrena. Supliquei que amputasse a perna, como os médicos diziam que era necessário, do contrário ele iria perecer, mas Aquiles recusou, dizendo que a morte era melhor do que a vida de aleijado, e assim ele permaneceu intacto e no terceiro dia morreu.

Isso ocorreu no quinto ano de guerra. Qualquer homem são chamaria aquilo de derrota, ou talvez encontrasse um meio de interpretá-lo como vitória e fosse embora para casa, mas Agamêmnon era insensível. Não fui o único que tentou persuadi-lo a levantar acampamento, porém era o mesmo que discutir com uma pedra.

Resolvi terminar a guerra por conta própria. Ciente de que nunca iríamos tomar a cidade, decidi ir direto à causa da guerra e assim, certa noite, vesti andrajos de mendigo e me introduzi furtivamente em Troia com um saco de ouro e uma faca de esfolar. Fui ao palácio e me demorei na escadaria, pedindo esmolas aos passantes (muitos dos quais reconheci, do campo de batalha, e nenhum deles se deteve para me olhar com mais atenção). Helena passou com suas criadas, todas escravas, entre elas três aqueias.

Naquela noite, dormi embaixo de uma barraca de feira abandonada, enquanto cães vadios e homens adúlteros passavam por mim com passos abafados. Os gregos provavelmente achavam que eu havia desertado das tropas, mas eu era mais corajoso e também mais traiçoeiro do que eles podiam imaginar. Na manhã seguinte, bem cedo, uma das criadas aqueias saiu para fazer as compras. Fui atrás dela e, quando surgiu a oportunidade, pus a mão sobre sua boca e arrastei-a para um beco. “Não grite, irmã”, falei em grego. “Trago presentes, primeiro ouro e depois a liberdade, e em troca só desejo um pouco de um ouro de outro tipo." Expliquei o que tinha de fazer para obter sua transferência para casa. Ela nada falou, mas pegou o saco e a faca e vi em seus olhos que era uma víbora, que odiava Helena e sua servidão e que levaria a cabo a tarefa medonha que eu havia pedido.

Esgueirei-me de volta para o acampamento dos gregos e ninguém me fez nenhuma pergunta. Na noite seguinte, a criada foi arrastada para a minha tenda por um guarda que a encontrara vagando no território sob o nosso domínio. Ela me entregou um saco de lona escuro dentro do qual havia uma emaranhada massa de cabelos louros respingados de sangue, com pedaços da pele do crânio ainda aderida. A tonalidade e a beleza dos cabelos os identificavam como as madeixas da própria Helena de Troia, antes Helena de Esparta, e de nenhuma outra, a qual já não era mais a mulher mais bela de todas, por conta de sua morte e mutilação recentes, mas, sim, que eu soubesse, o mais encantador de todos os fantasmas. Notei a casca marrom por baixo das unhas da criada e pedi que preparassem um banho para ela, disse-lhe que a água quente lavaria sua servidão, assim como todas as injúrias sofridas seriam lavadas pelo mar durante sua iminente viagem para a terra natal.

Naquela noite, convoquei uma assembleia geral. Com o calor da fogueira nas minhas costas e os olhos de todos os gregos sobre mim, disse-lhes que, num dos ataques de minha doença, Atena me revelara que, embora Troia não pudesse ser tomada, a guerra poderia ser vencida. Minha declaração foi saudada com apupos de escárnio. Vozes altas indagaram como aquilo seria possível. Gritei: "Pondo um fim na causa desta guerra, Helena da casa dos Tindáridas!". E ergui seus cabelos, identificáveis de pronto à luz das chamas da fogueira. Um gemido se levantou entre os homens e Menelau ergueu-se de um pulo, trêmulo, tropeçou em sua taça de vinho e pediu uma espada, uma espada.

Joguei os cabelos dela a seus pés e disse: "Sua esposa devassa está morta e aí está sua honra lavada. A guerra foi vencida, vamos voltar para nossa terra". Os espartanos se juntaram em torno dele e algum tolo pôs uma arma em sua mão. O restante dos homens reuniu-se atrás de mim, saudosos de casa e fartos de guerra, e dirigiram para os espartanos olhares decididos.

Eu esperava que os espartanos, em número inferior, fossem recuar. Menelau e Agamêmnon nutririam seu rancor por mim até o fim de seus dias, mas o que importava, aos olhos de todos os demais eu seria um herói — Odisseu, o que vencera a guerra com um só golpe e abatera o orgulho do Rei Excelso. Infelizmente eu havia subestimado a disciplina espartana e o poder que os reis espartanos exerciam sobre seus homens. Empunharam suas armas e meus adeptos empunharam as suas e a batalha era iminente, quando os troianos atacaram.

Devia haver um espião em nosso acampamento — era difícil que pudessem ter escolhido um momento mais vulnerável do que aquele. Estávamos desorganizados, descuidados, mal armados, em discórdia uns com os outros e densamente aglomerados num mesmo local. Investiram contra nós de todos os lados. A luta foi árdua e, nos primeiros minutos, pensei que seríamos esmagados. Abri caminho para longe da fogueira e encontrei uma tenda que servia de depósito para me esconder enquanto a gritaria tomava a noite atrás de mim.

A noite passou com uma lentidão glacial, exceto quando cortei a garganta de um soldado troiano que entrou na tenda à procura de despojos. Eu esperava que nossa superioridade numérica sobrepujasse a iniciativa deles, mas na hora em que a primeira alvorada iluminou o céu as coisas não estavam muito mais tranquilas — os troianos faziam um esforço supremo para nos derrotar. É estranho dizer que pensei em encontrar meus homens e reuni-los sob o estandarte dos Laértida, mas logo suprimi aquele impulso absurdo.

Tomei do troiano morto o capacete e o manto tingido de sangue, com relutância deixei a segurança relativa da tenda e segui rumo à orla do acampamento. Os troianos viam meu capacete e supunham que eu fosse um deles. Os gregos não me atacaram, até que os saudei em sua própria língua. Passei por algumas poucas escaramuças corpo a corpo e meus irmãos de armas praticavam nobres façanhas e morriam. Eu estava apavorado com o risco que minha vida corria e nada fiz para ajudá-los, embora as circunstâncias de suas mortes tenham ficado gravadas em minha memória. Galguei com dificuldade os muros de toras de madeira bruta que assinalavam o limite do acampamento e pulei sobre a areia lá embaixo. De dentro dos muros, vinham gritos de agonia e o rugido das chamas — os troianos deviam ter alcançado as naus. Ali fora, tudo estava em paz — uma praia vasta e deserta se estendia à minha frente e Troia estava quase imperceptível à minha esquerda. Parecia anormal que eu conseguisse ir embora com tamanha facilidade. Joguei meu capacete emprestado nas ondas e comecei a caminhar.

Depois de uma hora, a guerra parecia ter sido um sonho. Olhei para trás e vi colunas negras de fumaça acima do acampamento e acima de Troia.

Analisei minha situação. Tinha uma espada, alimento e um saco de prata. Estava num litoral onde não tinha amigos, mas tinha muitos inimigos, embora poucos deles soubessem meu nome. Sem alternativa, continuei a andar para o sul ao longo da praia. Tinha ouvido falar de uma cidade não muito distante de Troia e em dois dias cheguei lá. O guarda no portão me perguntou quem eu era e o que queria. Tive um impulso louco de dizer: "Sou um forasteiro de mente maléfica que passou os últimos tempos em guerra contra a principal cidade de seu país, com intenções de saquear, pilhar e praticar uma vingança sanguinária". Mas em vez disso falei que era um bardo itinerante que esperava poder cantar para, em retribuição, ganhar meu alimento. O guarda olhou para minha espada e disse que eu levava uma espécie de lira bem estranha. Repliquei que os salteadores estavam por toda parte, muitos eram renegados perigosos e encarniçados, oriundos da guerra que grassava no norte, e que eu havia descoberto, por tentativa e erro, que era mais eficaz golpeá-los com uma espada do que com um instrumento musical. Na realidade, minha lira não havia sobrevivido à primeira tentativa, mas me agradava poder dizer que minha espada se encontrava em bom estado, mesmo depois de muitas canções bisadas — minha balada mais popular era "Finta e estocada no coração e talho fundo no tendão do calcanhar", mas "Jogue areia nos olhos deles e perfure o braço com que empunham a espada" estava ganhando cada vez mais popularidade.

Encontrei abrigo com o soberano da cidade. Eu temera que fosse incômodo sentar-me a uma mesa inferior, mas constatei que a condição de um bardo era perfeita — recebi tudo aquilo de que precisava e não existia nenhuma familiaridade ofensiva. De início cantei peças do repertório antigo — "Teseu no labirinto da repetição", "O conto da sombra de Medusa", "O amante de Atena" e outras semelhantes. A atenção enlevada de todos estava voltada para mim, desde o soberano até o copeiro. E até os cães embaixo da mesa me olhavam com a cabeça erguida.

Refugiados começaram a chegar aos poucos durante as semanas seguintes e, com base em seus relatos, costurei a história do final da guerra. Os troianos deram um passo maior do que as pernas — puseram fogo nas naus dos gregos, mas em sua investida para a praia deixaram para trás muitos soldados gregos ilesos e enfurecidos. Diomedes, um general grego de espírito independente, considerou as naus perdidas, reuniu seus soldados em grande número e investiu contra Troia, vazia de homens e com os portões abertos. Os gregos irromperam cidade adentro e deram vazão à sua cólera. Quando os troianos viram a fumaça, correram para sua cidade a fim de deter o saque e o que seguiu foram horas e depois dias de combates cruéis, casa por casa, até que Troia e as naus gregas tivessem se transformado em cinzas, os soldados estivessem mortos ou dispersos e ambas as tropas arruinadas. A única nau grega que sobreviveu foi a de Agamêmnon, que estava ancorada mais no fundo da baía — ele e um punhado de homens velejaram para longe naquela noite, suas velas enfunadas pelo vento impregnado de fagulhas que vinham da cidade em chamas, e deixaram seus compatriotas para trás, para que voltassem à sua terra natal da melhor maneira que pudessem.

Eu receava que os refugiados me reconhecessem, mas nenhum deles pensaria em procurar um capitão grego no rosto de um bardo que dormia envolto em peles de carneiro, junto à lareira. Todavia, depois que um mês havia se passado, a cidade ficou coalhada de troianos desabrigados e resolvi ir embora.

Havia poucos bardos naquelas remotas periferias do mundo de língua grega e assim alcancei muito sucesso. Jamais deixava de ganhar aplausos quando lhes oferecia os clássicos e logo ganhei confiança bastante para inventar obras próprias. Nunca fui a ponto de xeretar informações sobre a linhagem do chefe local e cantar uma ode de louvor sobre isso — preferia manter uma distância emocional de meus mecenas. Tomei gosto por contar a história de Odisseu dos gregos, o mais sagaz de todos os homens, cujas artimanhas levaram tantos homens à morte. (No mesmo instante em que formulei esse epíteto, ocorreu-me que foi a traiçoeira criada de Helena quem informou aos troianos quando deviam atacar. Eu me perguntei se naquela altura ela estaria rica ou morta, ou talvez as duas coisas, estirada numa catacumba, com ouro e vasos de vinho empilhados a seu redor.)

Foi quando eu era hóspede na cidade de Tiro que pela primeira vez ouvi outro bardo cantar um de meus cantos e ocorreu-me então que eu tinha em mãos os meios para fazer de mim mesmo um herói épico. De que adianta a verdade, quando todos os que estiveram lá já se encontram mortos ou perdidos? Tratei de reordenar os acontecimentos relativos à queda de Troia, omiti minhas perfídias e o assassinato de Helena e daquilo criei uma bela história. Meu relato sobre as façanhas de Odisseu mudava conforme meu estado de ânimo. Às vezes eu comandava a defesa quando os troianos iam queimar as naus, às vezes eu me punha no papel de Diomedes e comandava o contra-ataque a Troia. Às vezes Atena me amava tanto que ela despedaçava a muralha de Troia com um raio.

A cavalaria de Diomedes, o saco de ouro da criada e as horas que passei oculto na tenda abafada se combinaram de algum modo para me dar a ideia de soldados gregos dissimulados dentro de uma falsa casa de madeira. O ardil me estimulou e, embora eu jamais tenha conseguido apresentar um motivo plenamente satisfatório para que os troianos jubilosamente arrastassem para dentro de sua cidade uma estátua de madeira de quinze metros de altura, disfarcei ao máximo suas deliberações e a história acabou sendo bem recebida. Contei a história tantas vezes que em certas situações cheguei a pensar que de fato me lembrava de Menelau ofegante e com a respiração curta na escuridão sufocante da barriga do cavalo.

Viajei extensamente e fui muito aclamado. Vivi em meio aos outros homens, mas não era um deles e isso me convinha de maneira precisa. Na ilha de Quios comprei as terras de um nobre, onde eu passava os invernos. Havia mulheres, às vezes a mesma durante anos, mas jamais casei com nenhuma delas e seus nomes se fundem na memória.

No décimo ano após minha partida de Ítaca, me dei conta de que eu estava farto de cantar e farto de novas praias e cidades.

Dei minhas terras em Quios para a que era minha mulher naquele momento e não houve mágoas quando parti para o porto e embarquei numa nau de mercadores fenícios cuja rota passava por minha terra natal. No mar, eu deitava no tombadilho e fitava os céus cinzentos, enquanto compunha um relato de meus últimos cinco anos. De um musculoso bandoleiro cita que me apanhou em flagrante roubando queijos em sua caverna, criei um ogro canibal de um olho só. Dos frios invernos de Quios em que eu não falava com ninguém senão com minha amante, criei cativeiros em ilhas sob o poder de feiticeiras formosas (que eu tenha visto, e vi muita coisa, não existem deuses, espíritos e nada semelhante a feiticeiras, mas parece que sou o único que sabe disso — o melhor que posso dizer acerca dos poderes da noite é que eles dão boas histórias).

Por fim os mercadores fenícios me deixaram no litoral de Ítaca e escondi minhas arcas de ouro numa caverna de que eu me lembrava. Joguei meu velho manto na mata e, usando uma poça da maré como espelho, raspei a barba que eu começara a cultivar quando aportara em costas asiáticas. De rosto barbeado, eu tinha um aspecto absurdamente jovem. Rumei a passos largos para a morada de meu pai e seguiu-se o bafafá que era de prever — surpresa, lágrimas, reuniões alegres, perguntas, mais lágrimas, banquetes, discursos. Tédio. Representei meu papel o melhor que pude, mas na verdade só queria que aquilo terminasse para que eu passasse meus anos restantes com a espada e a lira penduradas na parede, tomando empréstimos a juros altos e tendo filhos. Nunca mais cantei, com receio de ser reconhecido, mas alcancei certa fama secundária como mecenas de bardos. Eu era generoso ao extremo, quando cantavam meus cantos com exatidão literal.

19. Matando Cila

A feiticeira Circe contou-me que não havia meios de combater Cila, mas não era de minha índole acreditar nela. Circe viu a tensão em meu queixo e repetiu-se: "Ela tomará de seu tombadilho seis homens e não está, não pode estar, em seu poder impedir que ela faça isso. Não desperdice vidas com firulas frívolas e tentando lutar — limite-se a remar o mais rápido que puder. Ela nasceu feita de pura força e não está a seu alcance rivalizar com ela". Curvei-me e disse palavras indulgentes, de que mais tarde não consegui me lembrar, enquanto imaginava um meio de matar Cila.

Uma semana depois de partir de Aiaia,* nos vimos num estreito canal entre penhascos altos riscados de salitre, onde, disse-me Circe, morava Cila. Enquanto a nau costeava, armei-me em silêncio, ignorando os conselhos de Circe e os olhares questionadores dos homens. Queria dizer para minha tripulação que eu estava prestes a perpetrar uma morte que me daria fama, po-

* A ilha de Circe.

rém refreei a língua, enquanto esquadrinhava os penhascos em busca da toca que eu sabia estar oculta entre os vórtices de aves marinhas.

Quase nem vi quando ela atacou. Eu contemplava as águas crispadas e intranquilas do outro lado do canal, quando por sorte olhei de relance por cima do ombro a tempo de ver seis homens sendo agarrados, os compridos pescoços de Cila se recurvando e recuando para o alto e desaparecendo em poucos instantes. A tripulação só se deu conta do que havia ocorrido quando ouviram os gritos das vítimas, estridentes e desesperados, mas logo silenciados. Dei ordem para remar em ritmo dobrado e eles obedeceram de bom grado. A lança em minha mão era um consolo absurdo enquanto passávamos e até ficarmos fora do alcance dela.

Aportamos na ilha de Apolo* e sentei-me imerso em sombrias conjecturas, com o rosto apoiado nas mãos, enquanto os homens cumpriam suas tarefas movendo-se furtivamente. Reprimi o ímpeto para velejar direto de volta para lá, com os dentes à mostra, as armas em punho, e em vez disso ponderei a respeito das fraquezas dela, entre as quais a principal era sua imobilidade. A defesa pura era inviável — isso concede a iniciativa ao oponente, e mesmo a cidadela mais poderosa poderia ser rompida, como eu mesmo havia demonstrado.

Circe me dissera que o deus sol prezava seu gado, por isso aguardei até a noite cair antes de trucidá-los. Que eu soubesse, Apolo dormia como qualquer um. Depois, se ele quiser protestar, pensei, que vá a Ítaca e lhe darei um número de cabeças de gado igual a uma vez e meia o número de reses que perdeu, pois os laértidas são acima de tudo generosos. De todo modo, o que

* Na ilha de Apolo, onde se encontrava seu gado sagrado, que era imortal, ou pelo menos alheio à idade, e que ele prezava mais que tudo.

importava ter mais um inimigo no Olimpo? Com extremo bom humor, disse aos homens que o gado do Sol seria um sacrifício fúnebre adequado pelos que haviam tombado no mar e nosso meio de vingança naquele acerto de contas. Eles se mostraram relutantes em proceder à matança, as bocas cheias de piedade hesitante, portanto empunhei uma faca e cortei eu mesmo o pescoço da primeira vaca. Quando a lâmina correu e penetrou, pensei: "Este não sou eu e este não é o meio de alcançar uma velhice feliz em Ítaca", mas o sangue fumegante da vítima já respingava minhas mãos, seus joelhos se dobraram e eu estava comprometido. A vaca seguinte foi arrastada para a frente e falei para os homens esquentarem nossa forja.

A noite inteira martelamos as lâminas das lanças até tomarem a forma de ganchos farpados, em seguida as fundimos a compridas correntes fixadas à quilha de minha nau. Distribuímos as carcaças das reses sobre o tombadilho como se estivessem dormindo, com os ganchos ocultos embaixo de seus corpos, as correntes cobertas por velas. De manhã, a nau velejou até as imediações do rochedo de Cila. Demos uma derradeira lavagem no tombadilho da nau-matadouro e apontamos sua proa rumo ao covil do monstro. Os homens levantaram as velas e desceram para um bote que os aguardava — prendi o leme e os segui para o bote, enquanto as velas se enfunavam e a nau seguia em frente sem tripulação.

"O poder de um deus e a inteligência de uma abelha", pensei, enquanto oscilávamos sobre as ondas. "Se isso não der certo, voltarei ano que vem com algo melhor. E se eu morrer, matar esse animal se tornará o passatempo de meu filho e dos filhos dele e de todo soberano de Ítaca, e minha sombra não há de repousar enquanto não queimarem o coração dela diante do meu túmulo." Estávamos a oitocentos metros de distância quando as cabeças de Cila dispararam de dentro de sua caverna para abarcar a isca, e ainda assim na hora eu me encolhi.

Ela tentou erguer sua presa, mas os ganchos fincaram, as correntes seguraram e ela foi abruptamente sacudida quando tentou subir. A nau ergueu-se um pouco da água, mas a brisa nas velas reteve e puxou seus pescoços, retesados como as cordas de uma lira. Tive um arrepio com seu grito molhado e quase musical, enquanto seu corpo volumoso era lentamente puxado para fora de sua caverna, sob a luz do sol, e suas garras escorregavam nas rochas untadas de salitre, em sua tentativa de segurar-se ao seu nicho escarpado, até que chegou à beirada, aferrou-se ali por um momento, despencou e caiu de prumo, na direção do mar revolto, onde se chocou com o barulho da pedra de uma catapulta ao atingir uma muralha, e desapareceu debaixo de uma montanha de espuma.

Levei o bote adiante, minha lança a postos para o golpe de misericórdia, pronto para regozijar-me com sua agonia de morte. Seu enorme corpo amarelo flutuava de barriga para cima sobre as ondas oleosas, suas cabeças balançavam a esmo em seu redor, suas bocas flácidas e abertas com os dentes pontiagudos e os olhos negros cegos.

Ergui minha lança, mas hesitei porque, em meio ao emaranhado de seus pescoços, vi uma sétima cabeça, não a de um monstro, e sim a de uma mulher jovem, de pele branco-leite e cabelo encharcado e imundo. Ela captou meu olhar e, gritando para ser ouvida por cima do vento, disse: "Você é o destino que me assombra desde o dia em que nasci. Mantive-me sempre comprimida em minha caverna alta por medo de você, faminta e desgraçada, e só me aventurava a sair para fisgar um pouco de alimento quando podia. Pensei em esconder-me numa caverna profunda ou numa elevada montanha, mas tive medo demais de sair de minha morada. Minha vida tem sido uma infelicidade e agora está chegando ao fim, e gostaria de jamais ter ouvido o nome de Odisseu".

20. Morte e o rei

Rapazes e moças graciosas moviam-se em pequenos grupos pelas doces encostas do Monte Ida, em redor do templo da Rapidez,* onde Helena se alojava e recebia seus pretendentes com uma formosa brevidade e um sorriso marmóreo. Os três solteiros mais afamados eram Odisseu, sem rivais pela inteligência, Agamêmnon, que um dia haveria de ser rei de toda Micenas, e seu irmão Menelau, que nunca desistia.

* No século VIII a.C., floresceu o culto da Deusa Rapidez, conhecida pela virgindade, pela rapidez de pensamento, pelo riso bruto e por sua ligação com corujas. Seu inimigo particular era Morte, contra quem havia lutado diversas guerras inconclusivas e seu objetivo em tais guerras parece ter sido o de erradicar o reino de Morte e abrir as portas para uma era de imortalidade. O culto a Rapidez era imensamente popular, porém tamanha era a rusticidade dos montanheses gregos que o culto logo degenerou em uma dúzia de subespécies. No século XII a.C., sua encarnação como Palas Atena havia tomado o lugar de todas as demais e agora é lembrada pela exclusão de suas irmãs. Rapidez era uma deusa mais viva do que Atena, aberta ao sacrifício humano e, em contraste com sua irmã, era tanto uma usuária e uma predadora quanto uma amante de heróis.

O pai de Helena, Tindáreos, estivera às voltas com um dilema, porquanto tinha uma única filha, mas não podia se dar ao luxo de ofender os muitos príncipes que deviam necessariamente voltar solteiros para suas casas. Portanto ele abdicara da decisão e a transferira à deusa e, a fim de evitar problemas futuros, obrigou todos os pretendentes a jurarem que, caso Helena fosse raptada, eles travariam uma guerra a fim de resgatá-la. Quando os pretendentes se reuniram na escadaria do templo, uma novilha branca foi retirada da frieza do sacrário e ficou parada, piscando os olhos sob o sol. Tindáreos falou: "O noivo será aquele mais próximo à vítima", e cortou a garganta do animal. Odisseu, que era devoto de Rapidez e seguro de suas chances, sondou o recinto sombrio do templo e viu que o ídolo sorriu para ele com piedade e afeição e em seguida voltou seu olhar para Menelau. A rês hesitou, depois deu alguns passos claudicantes na direção de Menelau e desabou a seus pés, molhando suas coxas de sangue, e os pretendentes sentiram que havia um estranho entre eles. Helena riu deleitada, ou da morte ou do desalento dos pretendentes, e na lucidez da frustração Odisseu se deu conta de que era a primeira vez que via Helena mostrar emoção. Ocorreu-lhe também que, por mais perto que Menelau estivesse do animal moribundo, Morte estava ainda mais perto.

Menelau levou Helena consigo de volta para Esparta, mas não houve paz nenhuma em sua vitória, porque assim que chegou os sonhos começaram. Toda noite ele sonhava que voava em círculos indolentes acima de um local escuro onde sabia existir uma cidade, que no entanto não conseguia ver. Pontos dispersos de luz apareciam, movendo-se para dentro. Menelau voava mais baixo e as luzes se tornavam archotes nas mãos de soldados e depois a cidade começava a queimar, enquanto o exército galgava as muralhas num enxame, como fagulhas que voam de volta para a fogueira. Menelau perdia de vista os soldados em meio à densa fumaça e tentava descer mais um pouco. Em seguida o vento mudava de direção e ele se via em terra outra vez e os soldados jaziam mortos à sua volta, seus corpos já enrijecidos e pálidos, embora não mostrassem ferimentos externos. Ele andava entre os corpos por um tempo e depois se via junto às muralhas da pólis, agora silente. Olhando para baixo (sabia que não devia, mas não podia evitar), via que as muralhas desciam terra adentro infinitamente, vertiginosamente, camada após camada de pedra fria, projetando-se por toda a eternidade para dentro das trevas.

Toda noite ele despertava desse sonho chorando, mas enxugava as lágrimas antes que Helena pudesse vê-las. Envergonhado, Menelau jurava nunca ter medo de homens mortais, de deuses ou mesmo da morte. À medida que o dia de seu casamento recuava para o passado, o sonho desaparecia gradualmente, mas sua decisão não esmorecia. Adquiriu o hábito de sufocar seu temor por meio de atos de bravura imprudentes — nos mares costeiros, ele mergulhava mais fundo que seus amigos, cavalgava em velocidade perigosa na beira de montes escarpados e mais de uma vez foi o primeiro a lançar-se contra muralhas inimigas, e o terror tornava-o tão veloz que nenhuma lança ou espada conseguia tocá-lo. Quando fez vinte anos,* acreditou que havia subjugado o temor e por isso teve a si mesmo em alta conta. Foi o orgulho pela própria coragem que o levou a abrir os portões para o Rei Morte, que, embora famoso por sua hospitalidade, estava habituado a não receber em troca hospitalidade nenhuma.

Morte, que naquelas plagas, na maioria das vezes, atendia pelo nome de Páris, era um homem pálido e alto, de olhos sem

* Na época, os aqueus casavam-se por volta dos quinze anos de idade e as aqueias, por volta dos doze, portanto nessa altura Menelau já estava casado havia bastante tempo.

cor e cabelo cor de linho. À primeira vista, parecia um homem de trinta anos que jamais estivera sob o sol, mas a transparência de sua pele, a formalidade de seu porte e o vazio absoluto de seus olhos lhe davam, quando se olhava com mais atenção, um aspecto mais velho, e mais velho ainda, e por fim velho como a noite. Apresentou-se diante dos portões do palácio sem nenhum séquito, envergando uma velha armadura negra e bateu à porta alto e ritmadamente. O porteiro indagou seu nome, seu país, e obteve uma resposta serena. Trêmulo, o porteiro foi ao encontro de Menelau e avisou quem havia chegado. Menelau não hesitou, embora tenha ficado muito soturno, e saiu pelo pátio, agora vazio, a fim de receber seu hóspede.

Morte devia estar pouco habituado à função de hóspede, mas representou seu papel com cortesia. Quando veio o vinho, fez uma libação a Zeus o Pai de Todos, que alguns diziam ser seu irmão, brindou a Menelau e a seus cavaleiros e curvou-se numa reverência para Helena, cujo esplendor parecia iluminar o salão escuro e fumacento, embora o salão e ela fossem satisfatoriamente frios. Como a cortesia exigia, Menelau falou primeiro de seus próprios assuntos, mas quando o vinho já estava na borra, ele indagou ao homem pálido como andavam as coisas em seu reino. Morte disse que, embora fosse o governante de apenas uma única cidade, tinha feito muitos súditos e nenhum havia ainda se queixado por falta de espaço. Falou de um silêncio vasto, pesado, falou de sombras que se moviam acima de campos de asfódelos, do soporífero gotejar das águas do Inferno, da companhia de mortos augustos — Minos, o juiz, sábio a respeito de todas as coisas, o nefando Órion, que perseguia os espíritos dos animais no interminável crepúsculo, e a parte mortal de Hércules, postada no rio Estige, olhando pensativa para o Monte Olimpo, onde seu gêmeo imortal se regozijava entre os deuses. Por fim Morte disse que, conquanto fosse o senhor das sombras, ultimamente passara a ter um fraco por claridade e, com um rápido olhar de soslaio para Helena, ergueu-se e retirou-se para seus aposentos.

Naquela noite, Menelau ficou deitado um tanto inquieto ao lado de Helena. Sonhou que Morte havia entrado em seu quarto como o inverno. Os olhos de Morte eram frios e brilhantes, sua respiração era gélida, sua armadura era o vazio e agora não havia como confundi-lo com um homem. Morte inclinou-se sobre Helena e sussurrou algo em seu ouvido. Menelau não conseguiu entender o que ele disse, mas sua mente encheu-se de sóis mortos, cidades antigas transformadas em gelo, coisas frias e imóveis, silenciosas e pensativas, à beira de deslizar para o nada. De descair para sempre. Morte tirou-a da cama e puxou o rosto de Helena para junto de seu peito e o sonho de Menelau se apagou.

Pela manhã, Helena tinha desaparecido, bem como seu hóspede — e não só isso, mas também o vinho que ele havia bebido estava derramado sobre as bandeiras da sala de banquetes e a carne que lhe fora servida jazia sobre o banco sem ser mastigada, enquanto os cães se esquivavam daqueles restos. Menelau prendeu sua espada à cinta e partiu a cavalo para ver Agamêmnon, agora o Rei Excelso, a fim de contar-lhe que tencionava travar guerra contra a cidade de Morte.

Menelau e Agamêmnon invocaram o juramento de núpcias e convocaram todos os homens que lhes deviam obediência. Só disseram a seus recrutados que Helena tinha partido e que eles iam travar guerra contra um grande Rei do oriente a fim de resgatá-la. O mais intratável e desejável de todos os recrutas era Odisseu, que durante anos, desde seu casamento, se mantinha nos domínios de Ítaca, seu reino e sua ilha, e passava seus dias em contemplação no santuário de Rapidez.

Menelau foi a Ítaca, encontrou Odisseu em orações e exigiu que se armasse e fosse com ele. Sem levantar-se, Odisseu ponderou que os problemas domésticos de Menelau lhe eram indiferentes e que, tendo em vista a má estirpe de Menelau, Helena na certa havia ido embora por sua livre vontade, rejeitando dessa forma o pacto. Menelau, implacável, disse que ia cegar Odisseu e levá-lo como escravo, se não fosse como companheiro. Odisseu convidou-o a tentar e o sangue já estava no ar, quando, num impulso, Menelau lhe disse o nome do personagem com o qual havia discutido. Odisseu hesitou, lançou um olhar para seu altar, deu um suspiro e disse: "Seu inimigo é terrível, mas parece que devo ir com você", e apanhou sua lança no alto da parede.

Partiram de Ítaca numa noite clara como um espelho, as naus deslizando pela água negra e entre as estrelas refletidas. Logo os cascos negros aportaram nas areias de Ílio, o país de Morte, as velas brancas foram enroladas e eles saltaram sobre os seixos da praia de armas em punho. A areia rangeu debaixo de seus pés — Odisseu escavou um punhado de areia com a mão e viu que era formada por ossos triturados, minúsculos fragmentos de dentes, crânios e vértebras. Armaram suas tendas na praia, à sombra das altas muralhas de Ílio, de pontas aceradas, e com o cheiro da fumaça de ossuários que se erguia de suas torres. Os áugures fitavam desolados o céu sem pássaros.

Na manhã seguinte, os gregos se puseram em forma para atacar. Quando se aproximaram do robusto portão de Ílio e das muralhas encimadas por espigões, eles vacilaram, até Agamêmnon hesitou, mas Menelau se mostrou indiferente a seus homens e também ao terror e seguiu caminho, olhos brilhantes, sem sequer olhar para trás a fim de ver se o seguiam. Ao passar pela árvore negra que crescia diante do portão de Ílio, Menelau bateu três vezes no portão com o castão de sua espada de bronze.

Uma neblina desceu sobre eles na hora em que estavam trazendo seu aríete — mais tarde, todos concordavam quanto a isso. A partir daí, os relatos divergiam. Alguns falavam que saíram cambaleantes da neblina e foram dar numa interminável planície de gelo, onde vagaram durante dias sem avistar nenhum vestígio de coisas vivas, exceto às vezes as próprias pegadas. Outros descobriram um palácio trançado de ossos gigantes do qual correram numa investida guerreiros cinzentos de rostos lúgubres que nem se davam conta dos golpes sofridos, mesmo os mais cruentos. Outros falaram de um demônio cinzento sentado numa pedra que entoava exéquias em resposta a suas perguntas gritadas.

Muitos gregos morreram em batalha, mas alguns retornaram para ocupar seus postos ombro a ombro com os vivos, seus ferimentos ainda abertos, porém já não mais sangrentos. Menelau não gostou, mas nem por isso ficou desguarnecido de homens. Às vezes o exército de Morte deixava Ílio e fazia uma investida, todos cheios de raiva, contudo sua paixão se consumia rapidamente e muitas vezes seus soldados paravam no meio da batalha, como que perpassados por uma inspiração repentina, olhares fixos no horizonte, imóveis, mesmo na hora em que os jubilosos e vingativos gregos os faziam em pedaços.

As altas muralhas da cidade de Morte tornaram-se o pano de fundo onipresente dos sonhos dos gregos. Havia uma sensação universal de opressão, à qual apenas Menelau estava imune — ele lutava com uma devoção enlevada, nunca cedia um palmo de terreno, sempre atacava. Encarava sozinho uma floresta de lanças, caso a coragem de seus homens fraquejasse, mas nunca era ferido ou sequer posto à prova. Sua tenda era a única no acampamento da qual se ouvia o som de risos e sua imprudência e aparente desprezo pelo inimigo infundiam ânimo aos soldados. Agamêmnon se empenhava em seguir o exemplo do irmão e, embora não pudesse ser tão incauto, lutava com bravura contra os soldados de Morte — maldizia e urrava, perfurava e retalhava a carne fria, os apanhava, os amarrava e os queimava dentro de poços.

Quanto a Odisseu, Rapidez o amparava. Quando criança, Odisseu a vira com frequência — a deusa praticara jogos com ele na mata atrás da casa do pai e o instruíra no uso do arco e flecha. Ela se tornara mais reticente depois que Odisseu se fizera adulto, só apareceu para ele quando matou seu primeiro homem e uma outra vez, depois que ele ficou cinco dias em jejum. Agora Odisseu podia senti-la sempre com ele, pairando nas proximidades durante uma batalha, desviando flechas e pedras com um leve toque, sussurrando em seu ouvido a hora em que devia forçar o ataque e quando devia escapar. Certa noite enquanto afiava mais uma vez sua espada, com o espírito embotado de tanto cravar sua lâmina a fundo nos tendões enrijecidos dos mortos, Odisseu perguntou a ela por que, uma vez que o protegia, a deusa não se empenhava a fundo e aniquilava os inimigos de uma vez por todas com um raio? Ela nada disse, mas Odisseu pôde sentir que a deusa achou graça e teve a sensação de que ela estava ganhando tempo, à espera da hora certa.

A guerra se arrastava. Nuvens ocultaram o sol durante meses seguidos e os rostos bronzeados dos guerreiros se tornaram pálidos. Nem todas as aparições eram inimigas — Agamêmnon jurava que, numa hora em que se vira encurralado junto aos portões de Ílio, apareceu seu bisavô, morto havia muito tempo, sopesou no punho sua lança de caçar javalis, ergueu-a e riu, enquanto vociferava contra os ameaçadores espíritos maléficos. Menelau perdeu peso e surgiram anéis negros embaixo dos olhos, mas ele jamais fraquejava em sua constância de propósitos. Quanto a Odisseu, certa manhã acordou com um barulho estranho — foi à tenda vizinha à sua e encontrou Caretes, seu primo em segundo grau por parte de mãe, de uma palidez de alabastro, inspirando cada hausto borbulhante através de um longo talho na garganta (feito por alguém canhoto, como observou uma parte da mente de Odisseu, e um canhoto forte). O talho não estava sangrando e Caretes se remexia sem parar enquanto dormia. Odisseu voltou para sua tenda, acendeu um bastão de incenso diante do ídolo de Rapidez e suplicou que a deusa lhe mostrasse como pôr fim à guerra.

Ela respondeu de pronto, como se já esperasse a pergunta. Odisseu escutou-a até o fim e pela primeira vez pensou em discutir com ela, mas a deusa não se deixaria abalar.

Obediente, Odisseu foi até a árvore negra diante dos portões de Ílio. De pé em cima de uma pedra, amarrou uma corda nos galhos mais baixos, armou um nó em torno do próprio pescoço, fechou os olhos e, encomendando sua alma a Rapidez, pulou. Embora disfarçadamente tivesse puído a corda na esperança de que ela rompesse, a corda aguentou e as trevas desceram sobre ele. Quando voltou a si, era noite e estava estirado no chão embaixo da árvore, com um colar de corda. Os portões de Ílio estavam abertos e ele adentrou furtivamente a cidade.

No interior das muralhas da cidade morta, tudo estava imóvel, embora a noite estivesse repleta de tensão. De quando em quando, um canto em falsete agudo subia no ar através das grades das catacumbas e ele acelerou o passo, logo chegando ao centro da cidade, onde o lúgubre palácio avultava. Tinha janelas altas, mas nenhuma porta, sua fachada franzida de rugas trouxe à memória de Odisseu uma boca de lábios costurados um ao outro.

Ele galgou uma das fendas em sua face, rumo a uma janela pequena, com largura apenas suficiente para ele passar muito espremido. Não conseguiu enxergar nada dentro do cômodo escuro, mas ouviu um sussurro levíssimo. Oscilou tateando no ar com as mãos e deixou-se tombar no negror, deu por terra pesadamente e escalou apalpando às cegas, sem nada encontrar. O cômodo parecia vazio, como um depósito abandonado, mas quando seus olhos adaptaram-se às trevas ele distinguiu um elevado trono negro ao lado do qual Helena se achava sentada num escabelo. Odisseu arrancou com força a corda que estava em redor de seu pescoço e ajoelhou-se diante dela na escuridão (percebendo com um choque que sua beleza não havia diminuído), suplicou que ela saísse dali em sua companhia e pusesse um fim naquela guerra atroz, mas Helena mal parecia se dar conta de que Odisseu estava ali e continuava um vagaroso monólogo (era aquilo o sussurro que ele tinha ouvido) acerca da vasta noite dos olhos de Páris e de como ele, sempre um cavalheiro, ainda não havia tocado nela, embora ela o quisesse. Odisseu lançou mão de argumentos e lisonjas. Suplicou-lhe por sua vida e pelas vidas de todos os gregos, entre eles os parentes de Helena. Revelou-lhe a ordem que recebera de Rapidez, que era implacável. Mas ela não lhe deu ouvidos e Odisseu, exasperado, imbuído de horror e raiva, sacou da espada, puxou a cabeça de Helena para trás pelos cabelos e cortou sua garganta. Jogou a espada para o lado, seu retinir ao bater contra o chão ressoou de modo obsceno num local tão silencioso, e foi embora, cambaleante.

Páris adiantou-se (ele estivera ali todo o tempo, mas fora de vista, Odisseu se deu conta) e segurou o corpo de Helena com delicadeza. Quando a ergueu, teve um espasmo e exalou um suspiro longo e trêmulo. Naquele momento, Rapidez surgiu com um esgar ferino e carregada de ódio e lançou-se sobre Morte com um uivo. Esmagou-o contra o corpo e cingiu seus dedos brancos e fortes em torno do pescoço de Morte e, um segundo antes de os dois desaparecerem, Odisseu viu o desalento estampado no rosto de Morte. Embora Rapidez tivesse partido, seu grito de guerra ecoava no salão desolador. Odisseu então se foi, depois de lançar um último olhar de relance para Helena, a qual rastejava lentamente, deixando atrás de si um rastro de marcas de mão estampadas em sangue sobre o piso.

Havia uma porta que dava para fora e que Odisseu não tinha visto antes. Correu através dela e foi dar direto nos portões desguarnecidos da cidade. Abriu-os e chamou Menelau, para que entrasse e cumprisse sua vingança, se ainda a desejava. Menelau e Agamêmnon acudiram correndo, os olhos em chamas, seu exército logo atrás, e invadiram a cidade de um jato. Os mortos apáticos puxaram uns aos outros para fora de suas câmaras mortuárias e catacumbas a fim de lhes opor resistência, mas com Páris ausente a defesa foi apática e os gregos rasgavam seu caminho com ímpeto no meio deles.

Nos incontáveis mausoléus, havia muitas oferendas fúnebres, entre elas jarras de vinho forte, e mesmo antes de a vitória estar garantida os soldados se achavam bêbados, as bocas tingidas de rubro, enquanto se ornavam em refinados farrapos de mil anos de idade e abriam pausas em sua obra sanguinolenta para perseguir as moças marmoreamente frias e de olhos vazios que espreitavam atentas da saída dos becos. Por tudo isso, os gregos logo abateram seus inimigos e ergueram uma grande fogueira na praça central de Ílio para queimá-los.

Diante da fogueira, Menelau declarou a seus homens jubilosos que Páris tinha sido destronado, que Ílio seria arrasada e uma nova cidade seria construída sobre suas ruínas. Ele iria ungir a si mesmo como o novo rei, lançar por terra o domínio de Morte e abrir o reino das trevas para o sol. Foi ao palácio de Morte buscar Helena, mas tudo o que encontrou foram marcas de mãos vermelhas e viscosas sobre o piso e um banco tombado.

Quando todos os soldados de Páris haviam se transformado em cinzas, Menelau fez aquilo que jurara e assumiu o trono de Morte. Suas ordens ressoaram através dos salões de ônix de Ílio e, embora os soldados pudessem ter ido para suas casas então, todos preferiram ficar, exceto Agamêmnon, que fez uma viagem curta de volta à Grécia para ver a esposa.*

Menelau passava seus dias na cidadela, lendo o livro de Morte e percorrendo seus salões. Quando a lua brilhava perfeita sobre seu grande trono negro, por vezes se ouvia um fragor que vinha de baixo e uma luz branca e pura rebrilhava através de uma grade no chão. Com voz borbulhante em que havia apenas um sutilíssimo vestígio de sua antiga melodia, Helena então falava com Menelau, contava-lhe os mexericos do mundo subterrâneo, agora seu lar, dos porões e dos calabouços que se alastravam por baixo da cidade, cujas extremidades mais profundas eram, mesmo para ela, apenas um rumor. Assim Menelau tinha sua esposa, embora jamais pusesse os olhos nela, tinha sua vingança, embora não executada por sua mão, e tinha o trono de seu inimigo, embora fosse um trono terrível. No devido tempo, trataria de ampliar seu reino.

Quanto a Odisseu, esgueirou-se para fora da cidade durante o saque e embarcou para Ítaca sozinho. Tinha esperança de fazer uma breve viagem para a terra natal, porém se viu diante de ventos possantes e de nevoeiros espessos. Descobriu muitas ilhas, mas todas abandonadas.

Estava caminhando em águas frias e paradas rumo a uma praia cinzenta, quando Rapidez apareceu a ele pela última vez. Ela pairou no ar, agora nua e mais alta (Odisseu nunca a vira nua — era bem-feita de corpo, como ele tinha imaginado, mas de algum modo havia ido além da beleza, durante seu período de ausência), e fagulhas cintilavam em seus cabelos. Ela tocou o rosto dele (por algum motivo, Odisseu não conseguia agora imaginá-la falando). A deusa parecia maldosamente feliz. Seus olhos encontraram os dele e então ela desapareceu e ele se viu entregue a suas conjecturas.

* Ao regressar da guerra de Troia, Agamêmnon foi assassinado pela esposa, Clitemnestra.

21. A imagem de Helena

Anos antes da guerra de Troia, o rei Tindáreos resolveu que já era hora de casar sua filha Helena e também, como era da mesma idade, Penélope, prima de Helena. Penélope era bela, mas Helena, que na verdade era filha de Zeus, embora nenhum mortal exceto a mãe soubesse disso, possuía uma beleza que aniquilava a vontade dos homens. Ao correr a notícia da iminente introdução de Helena nos círculos da sociedade, a flor dos homens solteiros da Aqueia afluiu ao palácio de Tindáreos a fim de cortejar os favores do rei e também (posto que era um pai indulgente) de sua filha. Odisseu, jovem e ambicioso, fez toda a longa e tormentosa viagem de Ítaca até lá para conquistá-la, mas quando ao chegar deparou com a multidão de pretendentes em redor das moças, compreendeu que, por maiores que fossem suas habilidades na guerra e sua presença de espírito, seu reino era pequeno e pobre, e potentados mais aceitáveis abundavam. Imerso em pensamentos, ele vagava pela periferia do salão onde Helena fazia os cavalheiros sofrerem à sua espera, e torturava sua mente em busca de um estratagema. Foi distraído pela risada zurrante de Menelau, um rufião cabeça-dura cuja má estirpe era evidente no desdém declarado com que tratava Penélope, a qual pairava perto dele, com os olhos fixos em seu rosto, enchendo sua taça de vinho e rindo dos gracejos dirigidos a Helena.

"Eu terei Helena ou morrerei", pensou Odisseu, "embora ela não pareça o tipo de coisa que possa ser possuída. Mais parece uma ave de rapina, de olhos brilhantes, pousada por cima do mundo, inacessível, que raramente desce e só ataca em arremetidas velozes. Eu daria minha vida para obtê-la." Naquele instante, Mentor, criado do pai de Odisseu, que viera com ele de Ítaca, apareceu como que saindo de um nevoeiro e puxou-o para o lado. Olhos radiantes, Mentor disse ter percebido que, embora todos os homens estivessem enamorados de Helena e quase não conseguissem desviar os olhos de seu rosto, não havia dois deles que descrevessem Helena da mesma forma. Tal efeito era tão pronunciado que poderiam estar descrevendo uma mulher completamente distinta. Para Agamêmnon, ela era cadeiruda, com olhos de vaca, fiel e vagarosa. Para Temístocles, Helena era um ser desvairado, de ânimos voláteis e para Idomeneus, uma leviana e insípida admiradora de sua perícia de marinheiro, e assim por diante.* Não só isso, mas quando Helena não se encontrava imediatamente diante deles, seus pretendentes penavam bastante para recordar qualquer coisa a respeito dela — Mentor havia

* Helena, conquanto mortal, era mais deusa do que humana. O icor (fluido que corre nas veias dos deuses) de seu pai Zeus havia nutrido Helena de modo mais verdadeiro do que qualquer outro de seus rebentos mortais; devido à divindade fracionada de Helena, nenhum mortal conseguia olhar para ela sem ser queimado no ato, até que Zeus se apiedou de Helena (e talvez dos aqueus) e escondeu-a atrás de um véu que ocluía a maior parte de sua natureza — qualquer homem que a olhasse veria o epítome da beleza feminina, tal como ele a concebia, e quase nada daquilo que ela era de fato (supondo que ela fosse alguém afinal).

descoberto que, quando Helena estava fora de vista, seus pretendentes não conseguiam sequer recordar a cor de seu cabelo, embora aceitassem qualquer sugestão que lhes dessem. Menelau, o espartano, era o único que não estava enrabichado por ela — parecia desejá-la porque Helena era considerada desejável, e só a melhor esposa do mundo seria condizente com a dignidade de Menelau. Odisseu, cético, tentou recordar seu rosto e fracassou. Um plano tomou forma e, em sua preocupação, ele não percebeu quando Mentor desapareceu num rufar de asas.*

Naquela noite, Odisseu galgou o muro do jardim do palácio em meio ao ar impregnado de perfumes e adentrou o quarto de Penélope. Ela fitou-o com expressão mal-humorada, olhos insensíveis e indiferente à perspectiva de êxtase. Odisseu sentou a seu lado em sua cama, pôs o braço em torno de seu ombro e, num sussurro conspiratório, indagou se ela gostaria de ter Menelau como marido. Penélope replicou, com a lucidez da depressão, que apreciaria aquilo acima de todas as coisas, mas que ninguém podia competir com Helena. Odisseu disse: "Vou obter para você aquilo que você deseja e, quanto à Helena, ela terá um marido que é um homem muito melhor do que Menelau".

Na manhã seguinte, o criado pessoal de Tindáreos levou-lhe um bilhete encontrado na sala de banquete. Era de Helena, informando-lhe que havia se apaixonado por Menelau, príncipe de Esparta, e lhe pedira que a levasse embora naquela noite, posto que era esse o único meio seguro de obter o marido que desejava. Num pós-escrito, transmitia seus melhores votos aos outros pretendentes. Enquanto os jovens resmungavam em razão de tal

* É interessante ressaltar que a descrição que Odisseu faz de Helena consiste sobretudo em atributos característicos de Palas Atena. Mentor era uma das manifestações prediletas de Atena — nos perguntamos se ela estaria ciente daquilo que Odisseu via e se o coração da deusa, duro como uma fortaleza, se comovia ao menos um pouco.

afronta, espalhou-se o boato de que Penélope, a simples, também havia se evadido para se casar, partindo com um obscuro soberano de uma ilha. Tindáreos ficou soltando fumaça pelas ventas, até se dar conta de que suas duas tuteladas haviam conseguido matrimônios vantajosos, que ele não tinha pago uma única moeda de cobre de dote e que ninguém poderia dizer nenhuma palavra contra ele.

Em Ítaca, a noiva de Odisseu era o seu deleite e, de sua parte, Penélope não parecia incomodar-se com o marido, embora jamais deixasse que Odisseu a visse despida. Em Esparta, Menelau estava feliz por possuir aquilo que todos queriam. Durante os primeiros meses de casamento, sua esposa o adorava, mas logo até mesmo ela passou a achá-lo odioso. Para Menelau, o sentimento era recíproco e, ainda relutante em deixar que qualquer pessoa sequer olhasse para ela, mantinha a esposa sequestrada em seu palácio.

Quando o loquaz e garboso príncipe Páris visitou a corte espartana, Penélope, que, em situações de relevância para o Estado, tinha permissão para circular fora da reclusão das mulheres, foi facilmente seduzida, evadindo-se com Páris, menos por amor do que pela esperança de alcançar outro tipo de vida, qualquer que fosse ele.

No devido tempo, Agamêmnon e Menelau foram a Ítaca e pediram que Odisseu convocasse suas forças para velejar ao lado deles a fim de recapturar Helena. Odisseu sentiu grande vontade de explicar a tramoia e lhes dizer para esquecer sua guerra e voltarem para casa um pouco mais sensatos, mas viu seus rostos sinistros e suas naus de guerra no porto e entendeu que não sobreviveria muito tempo após tal revelação, portanto foi para casa, deu um beijo de adeus em Helena, esperou para ver se ela lhe dava um beijo em resposta (vivia com ela havia muitos anos naquela altura, mas ainda não sabia dizer se Helena gostava dele e também não aprendera a interpretar seu rosto), depois apanhou suas armas a fim de partir para a guerra, que ele esperava que fosse findar na ceifa do verão.

22. Terra gloriosa

Pálido* morava à beira do mar, numa casa aberta, sobre altos pilares entre os quais corria a maré. A casa era cheia de luz e, enquanto tivesse mãe e irmã, canoa, sol e mar, ele não queria mais nada, senão seu pai, que havia partido para a guerra no oriente desde um tempo imemorial.

Toda manhã, sua irmã mergulhava à cata de mexilhões nas águas rasas da baía, sua mãe tecia lã em sua roda de fiar e ele ia pescar em sua canoa. Quando o sol estava no alto bem acima de sua cabeça, a mãe baixava seu trabalho e espreitava o oriente na esperança de ver o marido regressando, mas tudo o que via era sempre água e ar. À tarde, Pálido e a irmã caminhavam pela floresta ou ficavam escutando a mãe contar histórias das terras gloriosas a oeste, onde a virtude fluía em cascatas do alto das montanhas e o mal quebrava nas praias vindo do mar.

* Existe uma tradição, embora presente apenas em poucas fontes fragmentárias, de que o filho de Odisseu, Telêmaco, era pálido a ponto de beirar o albinismo.

Certo dia, numa sucessão infinita de dias que, a não ser por isto, eram idênticos, o céu tornou-se escuro, o mar se enfureceu e o ar parecia fumaça. Pálido pescava em sua canoa, era um homem destemido e continuou lançando sua rede, embora não conseguisse enxergar através do vão que se abria na água entre uma onda e outra. Um grande vagalhão veio do leste, levou-o para o alto, e mais para o alto ainda, até que ele pensou que toda a água no mar devia estar passando embaixo de sua canoa, e depois o jogou para baixo. Quando ele e a canoa baixaram bamboleantes até a superfície, uma intuição sinistra o fez rumar para a margem a toda a velocidade sobre a água que fluía negra e cheia de algas. A praia onde antes estivera sua casa tinha sido varrida, nada restara, senão areia branca, lisa, úmida. A floresta acima da casa também fora arrasada, em seu lugar havia peixes moribundos e algas marinhas, árvores arrancadas pela raiz oscilavam nas ondas turbulentas. Ele remou freneticamente para um lado e para o outro, em busca da mãe e da irmã, julgava avistar cabelos flutuando na superfície e seguia ligeiro até lá para encontrar apenas um emaranhado de sargaços ou uma gaivota abatida.

Ele era determinado, mas no terceiro dia desistiu. Ficou deitado de costas, de olhos fechados, e deixou a canoa flutuar à deriva, boiando sob a luz vermelha sangrenta do sol. No pôr do sol, suspirou e deu as costas para o litoral deserto. Tinha ouvido dizer que, a treze dias a remo para o sul, havia uma ilha onde homens selvagens de um olho só moravam em cavernas, e tinha ouvido dizer que naquela ilha havia uma trilha que cortava a floresta, passava por cima dos montes e chegava a uma cidade com muralhas altas e circulares, onde o rei jamais tinha visto o mar, mas ele deixou a noite cair e traçou seu rumo com base nas estrelas rumo às terras gloriosas do oeste, pois se a mãe e a irmã tivessem ido a algum lugar seria para lá, a fim de banhar-se nas fontes no alto das montanhas. A água reluzia azul a cada golpe de remo e ele cantava uma canção sem palavras enquanto a noite se tornava madrugada.

No raiar do dia, chegou a uma ilhota com uma fonte e puxou a canoa para a praia a fim de dormir durante o dia. Virou a canoa de borco, rastejou por baixo para ficar na sua sombra e já estava fechando os olhos quando ouviu um grito enrouquecido. Ergueu-se de um salto e achou uma pequena foca flutuando na maré, movendo-se debilmente. "Talvez sua família esteja sentindo sua falta, foca", disse ele, e arrastou-a para fora da água, até além da marca da maré alta, na sombra de uma palmeira que havia sobrevivido. Foi dormir e sonhou que via uma mulher frágil, de cabelos negros cor de azeviche e de olhos negros brilhantes, que sorria para ele. Ao crepúsculo, ele despertou e a foca tinha ido embora.

Encheu seu cântaro de água na fonte e, orientado pela constelação do golfinho, rumou para o oeste. Nos derradeiros quartos da noite, pensou ver a foca outra vez, seguiu na mesma velocidade que ela, mas a foca, se era mesmo uma foca, logo afundou e não foi mais vista.

Na décima noite, estava sem água, esfalfado até os ossos e fazia tempo que não via sinal de terra. Embora faltassem horas até a alvorada, ele ergueu o remo e repousou, embalado pelas ondulações e pelo vento. Ressoou um espirro de água no lado da canoa. Ele olhou sobre a borda e viu a jovem mulher segurando-se à beirada, sorrindo para ele, a massa de seus cabelos molhados rebrilhava à luz das estrelas. Ela disse: "Aonde está indo, estranho, tão distante de sua casa?". "Para as terras gloriosas no oeste", respondeu ele com a voz que lhe restava, "onde a virtude flui em cascatas do alto das montanhas." "E o mal quebra nas praias vindo do oceano", disse ela. "Conheço bem o lugar e você nunca chegará lá numa canoa pequena. Tudo o que vai encontrar é oceano e céu, e nunca verá uma ilha, mesmo que arrebente as costas de tanto remar. Mas conheço o caminho e posso levá-lo até lá, portanto pegue minha mão e venha comigo." Ele baixou seu remo, que se tornara muito pesado, segurou a mão dela e passou sobre a borda, ao lado da jovem, e desapareceu dentro do mar quente quase sem provocar ondulação nenhuma na superfície.

O que aconteceu depois? No fim, será que seus ossos brancos e limpos flutuaram lentamente para baixo até pousarem na planície abissal, ou será que casou com ela e se tornou um príncipe das focas, habitando nas profundezas e esquecido de sua vida como homem, ou será que um dia arrastou-se em meio às ondas até alcançar aquilo que seu coração soube de pronto serem as terras gloriosas? O mar não revela.

23. Ilhas no caminho

A nau de Odisseu subia na água, enquanto seus homens carregavam o tesouro, roubado de muitas cidades, de seus porões para a nova morada dele. Alcínoo, o rei da ilha, ficava parado vigiando, satisfeito com o futuro genro. Assim que Odisseu descarregou a nau, ele atrelou uma junta de bois a ela com cordas fortes e arrastou-a para cima da praia. Empunhou um archote de pinho crepitante e, com o coração abatido, a despeito de sua determinação, levou o archote ao flanco da nau puxada para a areia da praia, mas a madeira corroída pelo sal do mar não pegava fogo e o sol estava se pondo, portanto ele foi para casa. No dia seguinte, era o dia de seu casamento e então levou semanas para pôr em ordem sua nova morada e suas terras, e a essa altura o vento havia encoberto a nau de areia e ela era facilmente ignorada.

Ficar na ilha tinha sido uma decisão natural, alcançada no curso de todas as noites gélidas em que guiara a nau apenas sob a débil luminescência que vinha das ondas e um ou outro relance ocasional da lua em meio aos farrapos de nuvens. Em algum ponto do Mar do Meio, as estrelas em que Odisseu havia confiado para guiar sua navegação se deslocaram, assim como as naus quando se soltam da âncora, e a partir de então se viu completamente perdido. Aterrorizado no íntimo, Odisseu disse a seus homens em tom confiante que aquele fato agourento era apenas a translação feita pelos deuses de novos heróis para a esfera sideral, após a guerra de Troia. Ele apontou para cima e fingiu identificar Pátroclo e Aquiles (suas constelações se entrelaçavam), Heitor e até o grande e triste Ajax de Telamon. Então houve estações do ano que pareciam chegar quando não se esperava, embora ninguém conseguisse manter uma contagem exata dos dias — as marcas toscas no casco apodreciam, um vaso cheio de pedras brancas se espatifou durante uma tempestade, nós feitos em tiras de couro se tornaram uma maçaroca molhada e inchada, num emaranhado insolúvel.

Viram muitas ilhas e muitos prodígios, hostis em sua maioria. Certa noite, um fulgor morbidamente esverdeado passou por baixo deles, fundo entre as ondas, e o vigia jurou que tinha o formato de um homem. Outra noite, todos os seus fogos se apagaram e todas as luzes, desde as estrelas até a lua e o brilho que vinha das ondas, sumiram num instante. Na escuridão total, tentaram fazer a nau dar meia-volta, se atrapalharam e, antes de se passar uma hora, já contavam quc iam ficar à deriva para sempre. Odisseu jogou uma moeda por cima da borda e não se ouviu nenhum barulho de água. Apegaram-se uns aos outros no escuro, sentados no convés, e contavam histórias, um de cada vez. Nunca na vida ficaram mais surpresos do que na hora em que o sol nasceu.

De vez em quando encontravam uma ilha assinalada em seu mapa. Invariavelmente, tinha acabado de ser visitada por mercadores fenícios ou cretenses, elementos do mundo que eles conheciam, e Odisseu e seus homens ganhavam alento, obtinham orientação e conselhos, e continuavam a velejar na esperança de encontrar terras familiares, que a bem dizer nunca se concretizaram. E assim, gradualmente, o anseio de chegar ao litoral de Ítaca foi suplantado pelo desejo de algum final, qualquer que fosse, para aquela divagação.

Quando Odisseu e seus homens deram com sua nau nas praias da ilha de Alcínoo, ele os recebeu com cordialidade e mostrou uma atenção especial por Odisseu — de passagem, mencionou ter uma filha, mas ainda não haver encontrado o marido certo para ela. Odisseu pesou os benefícios de um novo casamento contra o mar aberto e sem estradas e, com o espírito deveras desgastado, pediu para conhecer sua filha. Logo foi marcado e consumado o casamento e em pouco tempo o restante dos gregos seguiu seu exemplo. Tiveram filhos, compraram terras, adquiriram posição social e foram pensando cada vez menos em suas esposas em Ítaca, até não pensarem nunca no assunto. Contaram e recontaram suas histórias de viagem tantas e tantas vezes que elas se tornaram menos lembranças do que fábulas, mesmo para aqueles que as contavam. As asperezas de sua mocidade e da guerra os abandonaram aos poucos, mas os abandonaram, e no final não havia na tripulação nenhuma cabeça que não estivesse branca e suas espadas juntavam poeira, penduradas acima do consolo das lareiras.

Tal como as viagens deles sem rumo, aquilo parecia que ia durar para sempre, mas de súbito chegou ao fim. Certa noite, Odisseu teve um sonho em que Atena estava sorrindo para ele, apoiada em sua lança, seus olhos como hulhas brancas. Odisseu chegou a sentir a frieza que irradiava da deusa. Ela havia falado, mas ele não conseguia recordar nada do que ela dissera, se bem que sua mente estava repleta por uma confusão feita de demônios que assombravam estreitas sendas no mar, por uma feiticeira num pavilhão de prata que erguia orações à lua com voz de loba e por retumbantes gritos de homens amontoados num cômodo de teto baixo enquanto flechas negras brotavam de suas gargantas e de seus corações. Ela sussurrou: "Está na hora de partir".

Ele sentou na cama totalmente desperto — não havia ninguém, exceto sua Nausicaa, que dormia a seu lado. A lua cheia brilhava através da janela e ele estava desperto como se já fosse meio-dia. Odisseu se pôs de pé bem ereto pela primeira vez em muitos anos, abandonando a postura recurva que agora ele se dava conta de ser uma concessão às expectativas da idade. Pegou sua espada no alto da parede, tirou-a da bainha e virou-a sob a luz da lua, enquanto o metal reluzia como água. Ele hesitou, desfrutando o sossego da casa e lamentando ter de deixar o calor da cama de Nausicaa. Em seguida saiu, fechou a porta com cuidado ao passar e, curvado para a frente ante a força do vento que soprava através das ruas vazias, caminhou para fora da cidade e ao longo da margem até o local onde a nau tinha sido puxada para a areia. O vento veloz que ameaçava romper seu manto havia exumado a nau e uma flâmula frouxa adejava furiosamente na ponta do mastro. Seus homens que haviam sobrevivido estavam ali, eretos como pinheiros, e ele não soube dizer se o branco em seus cabelos era da idade ou do luar. Sem nenhuma palavra, encostaram os ombros à nau e empurraram-na na direção do mar, afundavam os pés na areia, redobravam seus esforços, até o casco tocar na água. Subiram a bordo aos saltos quando a maré carregou a nau e puxou-a através das ondas da arrebentação rumo ao mar aberto, com a proa apontada, assim acreditavam, para Ítaca.

24. Odisseu no Inferno

Um homem palmilha seu caminho ao longo de um cabo de aço esticado por cima de um abismo azul e refulgente, com um remo de barco sobre os ombros, a fim de ajudá-lo a equilibrar-se. O cabo geme e suspira na brisa infinitesimal. É tão estreito que o homem, quando se detém para pensar, fica surpreso de ser capaz de manter a firmeza. Quilômetros à frente dele, o horizonte está encoberto por nuvens claras. Pode muito bem haver a mesma coisa às suas costas, mas nunca olhou para trás. O cabo se inclina, muito de leve, de maneira discernível apenas no decurso do que podem ser horas ou dias — ele está descendo.

Acima (ele vê isto por meio de sua visão periférica — olhar para cima seria fatal) há um volume escuro e irregular que sugere montanhas. Há manchas iridescentes que podem ser lagos ou talvez cidades. Abaixo há o céu aberto, gradações de azul carregado e sem formas. Então uma fadiga desce sobre ele e o homem para, a fim de descansar, põe-se de cócoras e equilibra o remo atravessado sobre os ombros, agarra-se ao cabo com as mãos e os pés, enquanto espreita o vazio embaixo, no qual descobre uma parcela de conforto.

Está caminhando e se equilibrando há bastante tempo e sua mente devaneia. No geral, suas reflexões são vazias ou recapitulações circulares das condições de seu confinamento naquele ar aberto e ilimitado. Quando um pensamento se cristaliza, é este: Em algum lugar, está havendo um julgamento. Neste mesmo instante, os advogados se movimentam, em túnicas de abas ondulantes, sob arcadas, rumo a salas onde apresentarão seus argumentos diante de um juiz cujo nome ele quase sabe — Minos, ou talvez Yama. Isso atiça algo dentro de sua mente árida, vazia — ele quer se defender por conta própria no julgamento.

Sabe que se o resultado do julgamento for contra ele, um vento vai se erguer no oeste, uma veloz massa branca vai devorar um hemisfério do céu, vai passar correndo sobre ele e expurgar o cabo de tudo o que houver. Ele medita em busca de uma tática para enfrentar a situação — inclinar-se para o vento e caminhar no sentido dele sobre o cabo ou então disparar numa corrida repentina quando vir a tempestade se levantar, e a cada passo afoito arriscar-se a um escorregão súbito e final, embora não se aviste nenhum fim para o cabo. Ele reconhece a futilidade de tais planos, mas isso não o impede de elaborá-los.

Talvez o cabo esteja ficando mais estreito. Talvez suas pernas estejam ficando mais fracas. Ele pode sentir o ar trepidando. Olhos fechados, ele hesita e imagina a languidez da queda. Vê a si mesmo agarrando-se inutilmente ao cabo, deixando-o escapar, como o cabo iria diminuindo depressa e como ele, por fim, se daria ao luxo de olhar para o alto, para o mundo de onde estava caindo, certo e seguro em seu conhecimento de que, qualquer coisa que viesse agora, o pior já haveria passado. Ele se firma e dá mais um passo.

Em alguma geração, a maré alta da lua cheia alcança as muralhas tombadas de Troia e é concedido a ele recordar que um dia foi Odisseu.

25. O canto do inverno

Não estou infeliz, a despeito do frio e da monotonia. Existem muitas coisas para amar neste lugar — o sussurro da neve que cai, os rastros dos cervos e das lebres que rodeiam a casa, as gralhas negras que pousam pesadas em galhos carregados e fazem cair borrifos brancos. E à noite os lobos vagueiam junto à minha porta, com seu pelo recoberto por uma crosta de neve, fugitivos do inverno famintos que uivam seus lamentos desesperançados. Eu sonho com nevoeiros frios que se derramam de suas goelas abertas e envolvem o vale.

Os dias são cheios e nunca me entedio. A maior parte das horas de minha vigília é consumida na contemplação de minhas circunstâncias. Minhas conclusões, por ora, são estas: alguém construiu esta cabana, abasteceu-a de comida e combustível e mobiliou-a, embora de forma escassa. Até aqui, é óbvio — nem mesmo a imaginação mais ativa iria supor que esta casa, feita de pranchas serradas, fosse uma estrutura natural, ou que a lenha se partira por si mesma, ou que os muitos quilos de biscoito tivessem crescido sozinhos em seus sacos, como fungos. O que ignoro é a identidade do construtor. Ele não fez o menor esforço para se revelar e muito possivelmente deseja permanecer ignorado.

Podia ser um caçador que precisava de um abrigo na floresta. Podia ser um pioneiro que tentou estabelecer uma fazenda na floresta e no fim foi derrotado pelo frio, pelos dias curtos e pela neve que se acumulava em montes junto à porta. Há muitas possibilidades que não provei nem deixei de provar e que me frustram, pois o problema do construtor é logicamente anterior aos demais mistérios, como o idioma dos lobos, o que vou fazer quando os biscoitos terminarem, e meu próprio nome.

Minha ignorância é perturbadora, mas me tranquilizo reafirmando minha fé na lógica. Não existe nenhuma ação sob o sol que não acarrete uma infinidade de efeitos, e todos eles deixam traços, e dessa cadeia de traços se pode inferir todas as ações precedentes. Talvez em algum ponto se perca a trilha da causalidade em virtude dos limites das faculdades de pensamento ou de discernimento da pessoa, mas construir uma casa é uma ação profundamente marcante — como no assassinato, existe um número limitado de motivações prováveis.

O construtor, por mais misterioso que seja, pelo menos deixou um claro vestígio de sua presença. Que vestígio eu deixei? Derreti neve, comi biscoitos e queimei lenha. No entanto o que mais há para fazer? Interrogo as gralhas e elas inclinam a cabeça com ar inquiridor, mas nada dizem.

Pergunto-me se não serei eu o construtor. Não sei como construir casas, porém já esqueci muita coisa — talvez tenha esquecido também isso. Minhas mãos têm calos, mas não consigo recordar a sensação de levantar um martelo. Isso não significa que eu nunca tenha conhecido tal sensação. Se tivesse ferramentas, poderia usá-las e ver se algo voltaria à minha memória, ou se elas fazem calos e se tais calos correspondem aos que tenho agora. Mas, é claro, não tenho ferramentas.

Tenho muitas cicatrizes, a maior é um longo talho branco na coxa. Tento ler minhas cicatrizes, na esperança de encontrar a recordação de algum acidente ou batalha, mas elas são ilegíveis.

Pergunto-me se não serei um prisioneiro e esta casa não será minha prisão. A porta está sempre destrancada, mas só tenho uma camisa fina, sempre a mesma — quando saio, o frio me traz de volta para dentro da cabana em poucos minutos. Seria uma espécie estranha de prisão, que dura só uma estação do ano, a menos que o inverno aqui nunca termine. Não recordo seu início.

Indaguei os lobos acerca de tais coisas. Eles escutam com as línguas pendentes, dão a entender que prestam a mais compenetrada atenção, porém quando termino partem a trote para dentro da mata, sem fazer nenhum comentário. Os falcões voltam para mim seus olhos brilhantes e parecem preocupados com meus apuros, mas também eles ficam em silêncio. Às vezes penso que a neve que cai murmura para mim num idioma que não consigo entender.

A solução para minha perplexidade vem certa manhã, quando vasculho a cabana pelo que deve ser a centésima vez e, num impulso, arranco a caixa de lenha da parede. Por trás dela descubro um livro manchado de fuligem e coberto de serragem. Coloquei-o sobre a mesa e girei-o devagar, examinando o livro de todos os ângulos, enquanto minha respiração acelerava. Sua encadernação é grossa, em couro granulado, e não traz nenhum título na lombada. Suas páginas estão cortadas — alguém já o leu. Torço para que seja um diário, ou um livro de memórias, ou pelo menos alguma espécie de explicação. Abro-o com reverência e leio.

Ao crepúsculo, terminei de ler o livro. É a história de Odisseu, soldado e diplomata, homem de inteligência versátil que se mancomunou com outros para destruir uma cidade sagrada no leste e fez a longa viagem para casa durante muitos e dolorosos anos.

Pergunto-me o que o livro se propunha a me dizer. As possibilidades alegóricas são muitas e o número de códigos que podia ocultar são infinitos, mas podia ser uma mensagem mais simples, mais estritamente literal — talvez seja, de alguma forma compacta, a minha história. Eu podia ser o ciclope de olho redondo em sua caverna, pois como ele vivo distante da humanidade e, até onde sei, me mostraria hostil com os visitantes, mas tenho dois olhos. Eu podia ser Telêmaco, que está perdido em sua própria terra. Podia até ser Penélope, uma prisioneira em minha própria casa, cortejada pelo vento frio e pelo inverno. Será o Palácio de Ítaca a minha casa? O castelo fenício? Os lobos serão Cila, o frio será Caribde?

Releio o livro. Mais uma vez ele termina com Odisseu apaziguando a ira de Possêidon caminhando para longe do mar, terra adentro, com um remo sobre o ombro, até que alguém confunda o remo com um abanador. O choque da revelação é tão grande que saio e fico parado um minuto sob o frio, e o vento cortante e a luz áspera fazem meus olhos se encher de água, antes de eu voltar para dentro e ler o final outra vez. Por fim, eu me conheço. Abraço-me com prazer por ter afinal solucionado o enigma. A modéstia impediu-me de acreditar, ou pelo menos de admitir para mim mesmo, mas agora tudo está claro. A descoberta essencial é que o texto está corrompido, ou, se não está corrompido, encontra-se incompleto, ou é de uma obscuridade calculada. A ira do imortal Possêidon era implacável — para Odisseu escapar de sua vingança de uma vez por todas, seria necessário deixar de ser Odisseu. O que teria feito naquela situação o mais engenhoso de todos os gregos? Teria ido para algum local distante, longe de deuses e de homens e, de algum modo, esqueceria tudo e assim não seria mais ele mesmo. Posso apenas especular sobre a maneira como ele veio a alcançar sua amnésia. Não sei se agora eu teria a coragem de passar por isso — posso ver que muita coisa já mudou para mim. Além do mais, não tenho a menor intenção de renunciar à minha revelação.

Talvez ele tenha repassado em pensamento todas as cenas de sua vida e reteve cada uma delas fixa no olho da mente, até todas desaparecerem. No final, até suas recordações mais nítidas (a primeira vez que tocou a pele de Penélope, a primeira vez que caiu por cima da borda do barco e engasgou na hora em que uma onda quebrou em cima de seu rosto) se apagariam, até se tornarem os últimos vestígios de uma imagem calcinada. Então talvez ele tenha conspurcado e dissolvido os fragmentos de memória remanescentes, reordenando-os em todas as possíveis permutações: Penélope como uma mulher pesada e imóvel cujo maior prazer é o rancor, Penélope como uma jovem devassa que na meia-idade passa a prezar a respeitabilidade acima de todas as coisas. Por fim, a memória é incorporada ao ruído de fundo.

Todavia nem isso seria o bastante. Deve ter havido algum golpe de misericórdia que destruiu os últimos vestígios do eu, porém, qualquer que tenha sido, foi tão completo que me falta até mesmo a capacidade para imaginá-lo.

Com alívio, abro a fornalha e alimento as chamas com o livro. É o último elo com quem eu fui e só resta de mim o suficiente para olhar. O livro enegrece, se retorce e desaparece. Agora toda dívida foi paga, todo pecado foi expurgado e posso recomeçar do zero, eu que outrora fui Odisseu e agora sou ninguém.

26. Cegueira

Eu poderia ter vivido em meio à ambrosia, coisas radiantes e eternamente jovens indo e vindo para os braços de um e de outro, e o vinho e a noite intermináveis. Mas para mim aquele mundo era sem graça e, embora meu pai fosse grande entre eles, eu não queria tomar parte naquilo. Mesmo se ela fosse fiel (não sou considerado bonito, nunca fui), acho que eu teria preferido minha ilha, minhas terras e minha solidão. Nunca tive a ilha inteira para mim, porém levei meus vizinhos a antipatizarem comigo desde o início — de quando em quando, aparecia uma candidata a esposa, como que compelida pelo dever, mas eu não lhe oferecia mais do que a cortesia obrigava, ou um pouco menos, a fim de preservar minha privacidade. Às vezes ouvia ao longe o doce canto de uma jovem e aquilo era toda a companhia de que eu precisava.

Eu morava numa caverna, pois viver assim era mais fácil do que numa casa normal: fria no verão e quente no inverno. Criava minhas cabras, fazia queijos, partia lenha e pescava. Eu me imaginava um filósofo, embora na maior parte minha filosofia consistia em ficar fitando o mar, em geral com uma vara de pescar na mão, sem pensar em nada. O sol, no correr das horas, perfurava meu cérebro e drenava tudo, exceto um brilho que zunia, e dava a tudo um aspecto vazio ou insípido.

Certo dia, cheguei em casa e deparei com minha caverna cheia de visitantes. Estavam se regalando com minha despensa e me cumprimentaram com rostos estupidamente luzidios e de bochechas estufadas, os lábios gordurosos com minha carne de carneiro, enquanto invocavam as fórmulas da hospitalidade amistosa e esperavam que eu lhes desse as boas-vindas. Não lhes dei nem sombra de boas-vindas, e sim insultos e, apesar da insolação e do aturdimento causado pelo mar, golpeei um deles com meu cajado. Minha intenção era apenas assustá-lo, mas sempre fui forte e ele tombou e bateu com a cabeça na parede com o som de uma pedra que alcança o fundo de um poço profundo. Eles queriam pegá-lo e levá-lo embora dali (ou teriam tentado fazer isso — o sangue havia subido à minha cabeça), porém o capitão deles, que tinha o rosto cheio de malícia, implorou meu perdão, desculpou-se pela intrusão, chamou-me de senhor e, com toda a humildade, ofereceu um odre cheio de vinho forte como um presente retardatário em troca da hospitalidade. Fazia muito tempo desde a última vez que eu havia experimentado vinho e fiquei um pouco mais manso (para não falar da vergonha que senti por ter reagido com tamanho exagero). Sentamo-nos para beber e, em nome da cortesia, perguntei-lhes quem eram e de onde vinham. O capitão disse que seu nome era Ninguém (um apelido estranho, pensei naquela hora, mas seria despropositado comentar) e disse também que ele e seus homens tinham velejado de Creta a fim de mercadejar âmbar e linho, mas durante o trajeto não encontraram outra coisa que não problemas — piratas de ocasião, tormentas perigosas, camaradas de viagem arrastados do barco pelas ondas no meio da noite e meses de navegação sem rumo e sem norte. Ninguém ficou tagarelando sobre suas aventuras e o sono caiu sobre mim enquanto eu olhava para ele, do outro lado da fogueira. Que lástima que seu ardiloso rosto de raposa tenha sido a última coisa que vi.

Acordei para o sangue, a agonia e a escuridão. Cambaleante, me pus de pé, praguejei, me sacudi e senti minha mão tocar em carne flexível. Pus as mãos em torno do cabo da lança com a qual eu tinha sido mutilado; o humor vítreo gotejou pelo meu rosto e, com uma certeza nauseante, entendi que nunca mais voltaria a enxergar. Puxei a lança e golpeei com ela a esmo, sentindo os ossos deles estalarem pela gruta. Brami e ataquei com mais força, sem me importar que eu pudesse topar com uma espada estendida para mim. Comoção, vozes roucas em pânico e movimentos em todas as direções. Com intuito mortal, fiz uma poderosa arremetida na direção do sussurro mais próximo, mas acertei a parede — a lança rompeu-se em duas e me vi segurando um fragmento do cabo, apenas o suficiente para fazer um archote. Parei e escutei com atenção — havia silêncio, a não ser por meu coração e minha respiração. Eles tinha ido embora.

Pus as mãos em meu rosto destroçado, em seguida amarrei o ferimento o melhor que pude e desci cambaleante a trilha íngreme rumo ao mar. Pensei ouvir seus remos na água e urrei com raiva para eles, andei trôpego na água para dentro da arrebentação, debati-me nas ondas, achei pedras pelo tato e as arremessei. Talvez tenha ouvido a voz de Ninguém, mas, com o rumor das ondas e meus gritos, não tive certeza.

Eles tinham ido embora e fiquei com frio. Não era corajoso o bastante para me deixar afogar. Gritei apelando ao meu pai — eu não o amava muito, mas ele sabia qual era seu dever e pensei que talvez ele me vingasse. Se me escutou, não deu nenhum sinal. Voltei rastejante para minha caverna e a dor, que estivera me aguardando à distância, me envolveu de todo.

Veio a febre. Deitei-me junto ao fogo, gelado até os ossos, fraco demais para ir sequer ao poço. De início, a febre era baixa e fiquei excepcionalmente calmo e pensei que havia, afinal, encontrado a verdadeira filosofia. À medida que a febre subia cada vez mais, comecei a tremer de forma incontrolável. Apareceu um jovem de cabelos dourados, se manteve nas sombras com paciência, me vigiando, apoiado num cajado em torno do qual se enroscavam serpentes (claro, se tal homem existisse, eu não o teria visto). No sonho, à medida que a dor se tornava mais aguda, ele vinha cada vez mais para a área iluminada, e achei que ia falar comigo, mas naquele instante meu pai chegou e mandou-o embora. Colocou sua mão vasta sobre minha testa, fria como as profundezas do mar, e eu lhe disse que tinha sido Ninguém que fizera aquilo comigo e que devia morrer.

A febre cedeu um pouco depois disso e fiquei acordado e sozinho em minha caverna, encarando um futuro de trevas. Tateei na poeira e achei queijos, meu cajado, um balde, o odre de vinho vazio, as cinzas frias da fogueira, uma pilha de peles e a ponta aguçada da lança que me havia cegado, ainda pegajosa de sangue seco e de carne. Sentei-me e creio que não teria me levantado outra vez se não fossem minhas cabras, que batiam de leve em mim com a cabeça e clamavam para ser ordenhadas. Aquilo eu consegui fazer e depois toquei as cabras até sua pastagem e entornei seu sal nas gamelas, enquanto elas baliam e travavam suas pequenas discussões.

Os dias eram longos e não havia nenhum sol para me atordoar. O tempo todo eu me perguntava sobre o homem que me dera um odre de vinho, uma história e a cegueira. Em minha mente, eu repassava tudo o que ele havia contado, tentando reconstituir todas as nuances e inflexões de voz. Não havia falado nenhuma palavra verdadeira, é claro, mas nossas mentiras nos revelam. As roupas dele e de seus homens tinham os panos remendados muitas vezes, porém seus capacetes eram bem lustrosos e suas armas eram afiadas e polidas a ponto de parecerem espelhos. Eles levavam suas armas com uma naturalidade absoluta, pareciam extensões de si mesmos, como veteranos calejados na guerra. Falavam com sotaque, de um jeito como eu nunca tinha ouvido, portanto deduzi que Ninguém e seus homens deviam vir de muito longe, do outro lado da curva do mundo.

Meu ódio contra Ninguém era impotente e englobava tudo. Eu queria ser livre de tal ódio, mas minha mente sempre voltava para ele. Contava a mim mesmo e às cabras as histórias sobre ele — um dia ele e seus homens eram piratas da Córsega, pérfidos salteadores prontos para pilhar qualquer um que pudessem tomar de assalto ou apanhar de surpresa. Depois eram um grupo de peregrinos que rumavam para Delfos e haviam parado em minha ilha a fim de conseguir água e só por infortúnio me encontraram. Mas suas roupas esfarrapadas e suas armas reluzentes, sua aspereza, solidão e fome levaram-me, no fim, a concluir que eles estavam voltando de uma guerra demorada e sanguinolenta, travada longe de sua terra, uma guerra que os deixou com olhos vazios e hostis como os de aves de rapina, saqueando e matando toda vez que havia oportunidade, sem outra vida que não as armas, sem outra lei que não a violência.

Inventei perigos para sua viagem de volta para casa — horrores erguiam-se das profundezas do mar, os intermináveis campos de asfódelos dos mortos, feiticeiras que cantavam com vozes doces para seduzi-lo e prendê-lo —, mas jamais consegui obrigar-me a, por fim, fechar o mar sobre sua cabeça ou cravar dentes em seu pescoço. Eu sempre o empurrava para trás, não me animava a deixá-lo escapar para dentro da morte. Enquanto suas agruras aumentavam (todas lhe causavam pavor, retiravam alguma porção vital dele — eu precisava dele vivo, mas não inteiro), vi que ele devia ter alguma boa razão para continuar a viver, pois, como ponderei diversas vezes, é uma coisa bem simples entregar-se ao mar. Portanto lhe concedi uma ilha igual à minha, que não serve para grande coisa, senão para criar cabras e homens, e uma esposa de constância absoluta (a imagem especular da mulher que conheci muito tempo atrás).

Fazendo um retrospecto, é óbvio que "Ninguém" era um *nom de guerre*, o codinome de um salteador anônimo. A escolha da alcunha sugere um homem enfatuado com a própria engenhosidade. Portava-se como um guerreiro, mas preferiu me embriagar a me atacar de modo franco. Sua mente, pensei, deve ser como uma cidade de mil voltas e curvas, baseada no engodo, que nunca apresenta um panorama aberto ou um caminho em linha reta. Fluente nas mentiras, deve ter causado a morte de muitos homens maiores do que ele. E era fiel a seus homens, ou pelo menos assim me agradava pensar, pois isso aumentava meu prazer em criar monstros que os fisgassem de suas naus, enquanto ele se achava perto e impotente, e em fazer seus fantasmas implorarem para ser enterrados.

Os fazendeiros das ilhas estão menos tímidos, agora que estou cego. Trazem-me frutas e carne salgada e escutam com um interesse mais do cortês enquanto conto minhas histórias. Certas partes do relato coagularam no decorrer dos anos, embora outras eu improvise ou varie conforme o ânimo da plateia ou o meu próprio — ainda agora me dá prazer inventar sofrimentos novos para ele. Por conta de tudo isso, minha sede de sangue amainou — já não gemo enquanto durmo, nem sonho que o capturo e arranco seus ossos. A ruína onde antes estava meu olho já não é mais dolorida e meus dias são tranquilos, até prazerosos. Às vezes acho que sou grato e que a visão seria uma dispersão.

27. Esposa de Ninguém

Em sua estada na ilha dos mortos, Odisseu viu Penélope entre as sombras apáticas. Com sua espada de lâmina larga, ele abriu uma trilha no meio dos fantasmas balbuciantes, mas ela recuou, deu a impressão de não o ter visto. Ele chamou seu nome e foi atrás de Penélope, deixando seus homens para trás, até alcançá-la numa clareira sombria cheia de asfódelos, onde ela estava sentada, tecendo um véu comprido. Fez menção de falar com ela, mas, recordando os costumes dos mortos, usou a espada a fim de escavar um pequeno poço, sobre o qual abriu uma veia.

Ela foi atraída para o sangue e bebeu, enquanto algo semelhante à luz subia a seus olhos. "Não há nenhuma bondade em despertar os mortos. Somos desgraçados, mas não sabemos disso, senão quando vocês nos recordam. Por que veio me perturbar, desconhecido?", disse ela, olhando para cima, no ponto onde estava de joelhos, sobre a terra, com riscos vermelhos escorrendo pelo rosto branco.

"Sou um viajante que veio de Troia e que percorreu uma grande distância com Odisseu, seu marido", disse ele. "Que destino cruel sobreveio a você e obrigou o herói de pensamento aguçado a regressar agora para um palácio frio e vazio?"

"Você mente", disse ela em tom apático. "Odisseu não mais existe. Quando ele estava fora de casa havia dez anos e mais um pouco, fui a Delfos para saber o que ocorrera com ele. Dei ao sacerdote uma taça de prata com entalhes em relevo na forma de esfinges, que fora parte de meu dote. Ele conduziu-me para uma caverna escura como um túmulo, com cheiro de pedra molhada e de metal quente. Indaguei ao trêmulo oráculo, a quem eu ouvia, mas não conseguia ver, se Odisseu voltaria para mim. 'Ninguém há de voltar para você, mas não por muito tempo', disse ele, e toda minha esperança caiu por terra.*

"De volta a Ítaca, muitos homens queriam minha mão. Disse-lhes que casaria quando tivesse terminado de tecer a mortalha de meu marido e continuei a tecer e tecer. Eles ficaram impacientes — apelavam e argumentavam, mas começaram a se tornar violentos.

"Eu quis garantir o patrimônio de meu filho. Portanto mandei Telêmaco partir para visitar Esparta e, depois que ele partiu, dei um banquete para o qual fiz questão de convidar todos os homens que me haviam feito a corte. Deixei bem claro que no final do banquete eu estaria com o homem que seria meu marido. O vinho foi misturado com um veneno — doloroso e lento, porém seguro. Bebi primeiro. E assim fiz de mim uma mentirosa, pois, embora eu tivesse procurado por todas as várzeas do mundo das sombras, não encontrei sequer um sinal dele."

"Você reconheceria seu marido? Não me reconhece de maneira nenhuma?", perguntou Odisseu com delicadeza.

"Sim, eu reconheço você. Você é um dos vivos, que vem

* Foi pouco mais de dez anos após deixar Ítaca que Odisseu encontrou o ciclope Polifemo e, como uma *ruse de guerre*, disse que seu nome era Ninguém.

com todo seu calor e seu sangue para perturbar minhas sombras e meu pó. Viajante, vá embora daqui."

"Mas hei de voltar mais uma vez quando meus dias chegarem ao fim e então, afinal, você estará à minha espera", disse ele e esticou a mão para tocar sua face, porém ela se esquivou ligeiro como um peixe no regato.

28. Fenícia

Já que você está pedindo, vou contar. Portanto tome seu vinho e fique à vontade, viajante. As noites são longas em Ítaca e o dia de amanhã cuidará de si mesmo.*

Nasci em Limnos, uma ilha distante a oeste daqui, o último local onde o sol nasce. As fazendas de Limnos são dispersas e o povo é taciturno, avarento e desonesto. O rei era Tétios, meu pai, homem calado e carrancudo. Nossa casa ficava num monte branco situado no extremo oeste da ilha. Na praia, o esqueleto de um templo em ruínas se projetava da areia e eu brincava em meio a suas pedras carcomidas pelo tempo, enquanto Ama-seca me vigiava.

Ama-seca era uma fenícia, com o rosto semelhante a uma lâmina e o corpo, a uma flecha. Agora sei que ninguém a chamaria de desejável, mas para mim era linda. Minha mãe ficava

* O narrador deste conto aparentemente é Êumaios, o guardador de porcos que deu abrigo a Odisseu assim que ele voltou a Ítaca e que mais tarde o ajudou a matar os pretendentes. É muito provável que Êumaios esteja contando sua história a Odisseu na véspera da batalha.

na cama, num quarto escurecido, e meu pai não tinha nenhum interesse em assuntos de criança, assim ela e eu ficávamos entregues a nossas próprias invenções. Ela me sentava em seus joelhos ao pé de um carvalho no alto do monte e, em seu próprio idioma, contava-me histórias de sua terra natal, Tiro, a cidade-ilha, onde o mar era o fosso e as muralhas eram tão altas que ondas de cem anos quebravam contra elas sem sequer molhar as ameias. Contou-me como Héracles, também chamado de Melquart, fora escravo de um rei velho e malvado que lhe disse para ir dormir entre as ondas. Héracles jogou uma pedra grande e branca no mar a fim de servir como seu leito — a onda levantada pela pedra inundou o palácio subterrâneo do rei e a própria pedra tornou-se a fundação da cidade de Tiro. Contou-me a respeito do fogo que rugia dentro da barriga do ídolo de Baal, contou-me como os sacerdotes amarravam crianças com cordas e as atiravam nas chamas a fim de aplacar a fome do deus. Contou-me sobre as oficinas de tingimento onde mulheres moíam o múrex* e a tinta carmim escorria até os cotovelos, como se elas estivessem num conclave de assassinas. Ela me amava, assim como eu a amava, creio eu, e de todo modo ninguém mais a queria.

No início de uma primavera, uma nau mercante fenícia lançou âncora no embarcadouro. Havia um clima geral de feriado quando todos na ilha desceram para ver o que eles tinham para vender. Ama-seca ficou especialmente agitada, pois não falava sua língua materna com ninguém, a não ser comigo, desde o dia em que meu pai a tomou como escrava. Ela ficou parada junto com os mercadores sobre o cascalho rangente da praia, enquanto as demais mulheres examinavam atentamente o âmbar, as facas e o linho. Todo sorrisos, seu capitão levou-a a bordo para tomar vinho. Sentei-me na areia e ouvi como eles riam.

* Os habitantes de Tiro eram famosos pela tintura que extraíam do múrex vermelho, uma espécie de molusco marinho.

Na manhã seguinte, ela me disse para eu cuidar de mim mesmo e foi embora depressa. Segui-a a certa distância e a vi entrar na mata com o capitão. Escondi-me atrás de um carvalho e ouvi-a dizer para ele que era a filha do rei de Tiro, raptada muitos anos antes e ainda com saudades de sua terra natal. "Amanhã vamos partir e você tem de vir conosco", disse o capitão. Ela riu com prazer e disse que iria e que levaria consigo o tesouro mais precioso de Tétios, apesar de ele estar ficando grande demais para ser carregado.

Na manhã seguinte, quando a maré baixou, os fenícios enviaram um mensageiro à corte a fim de apresentar suas despedidas e oferecer um presente à rainha, um colar de ouro e âmbar maciços. Enquanto as mulheres passavam o colar de mão em mão, Ama-seca esgueirou-se sorrateiramente e seguiu para a nau. Alcancei-a não longe do ancoradouro e, chorando, perguntei como ela podia suportar ir embora e me deixar sozinho. Ela parou de repente e me consolou, alisando meu cabelo para trás e explicando que ia me deixar porque eu era o filho único de meu pai e que eu ia sentir falta dele. Respondi que não ia sentir falta de ninguém a não ser dela. Assim fomos juntos para a nau e ela segurou minha mão e ignorou os marujos, que em troca nos ignoraram também, como se fôssemos fantasmas.

Limnos foi sumindo aos poucos atrás de nós. Ama-seca adoeceu e ficou em seu leito, com o rosto virado para a parede. No quinto dia de viagem, ela parou de falar e no sexto parou de respirar. Foi para o fundo do mar com uma pequena cerimônia, lançada por cima da borda por marujos de rostos inexpressivos, entre eles seu amante. Falavam no idioma deles (sem saber que eu os compreendia) que pretendiam levar-me de volta para Limnos na tentativa de obter um resgate, mas concluíram que era arriscado demais e que, de todo modo, eu tinha outro valor além de ser filho de um rei. Suas conversas sobre lucros humilhavam meu luto e foi um alívio quando chegamos a Ítaca e pisei em terra firme na condição de escravo.

29. Intermezzo

Velejamos naquela noite e partimos de Ílio. Neve suja no convés, o chiado dos flocos de neve dissolvendo-se nas ondulações, as luzes amarelas da cidade minguando atrás de mim. Passei a noite sentado na proa, o contramestre trazia vinho quente quando havia troca de turno. Entrávamos e saíamos de barreiras de nuvens baixas que flutuavam à flor do mar. Luzes distantes de pequenas vilas costeiras cintilavam como miríades de diminutas criaturas luminosas alçadas das profundezas do mar por alguma correnteza rara.

Minha vida no Oriente havia passado como um sonho — foi um tempo desagradável, até doloroso, e sua recordação já quase me escapava. (No futuro, a lembrança só me viria em fragmentos: uma tenda pequena e apertada com a luz do lampião rebrilhando no rosto franzido e obstinado de Aquiles, o brilho cálido de sua armadura, as sombras nos rostos ansiosos da sua multidão de suplicantes, curvados em reverência. O zunido das flechas quando chegavam a escurecer o céu acima de nós. O interior do cavalo, apertado e rangente como o porão de uma nau.) Eu tentava imaginar a vida que me aguardava em Ítaca, mas quando voltava o pensamento para aquilo não conseguia ver as florestas da ilha, as muralhas, as cidades ou os portos. Tudo o que me vinha à mente eram poucas imagens desconexas — palmeiras sob a luz desbotada, a superfície arrepiada da água no tanque de um templo, ladrilhos azuis rachados, uma biga prateada diante de muralhas caiadas. Ítaca, lembro-me de ter dito, é boa para criar cabras e homens e um pouco mais que isso. Ítaca transformou-se numa sequência de imagens que podiam se encaixar em quase qualquer lugar.

Eu ficava deitado escutando o chiado das ondulações levantadas pela popa da nau e tentava adivinhar o futuro. A nau vai atracar e vou pôr os pés no cais pela primeira vez em dez anos. Vou caminhar pelo porto e avistar a casa de meu pai no morro. E depois? Imagens tremularam atrás de minha mente. O rosto de uma jovem, sua suspeita que se transforma em boas-vindas. O rangido da corda de um arco e flecha. Uma ilha distante e encoberta pela escuridão, a sombra de uma mulher que se movimenta em seus montes. Olhei para o alto, para o céu relampejante, e imaginei que os contornos das intrincadas nuvens azuladas, que mal se podiam distinguir, eram um mapa do futuro próximo.

30. Lamento da vitória

Meus direitos de primogenitura eram a força notável, a beleza acobreada e uma tristeza duradoura. Minha mãe Tétis contou-me que eu não podia morrer e, de fato, embora os anos debilitassem os homens como folhas de outono, eu persistia. Da mesma forma como meu corpo permanecia jovem, assim também era meu temperamento — eu vaguei da Gália à Índia e voltei, deleitava-me sair em busca dos melhores lutadores e trucidá-los. Certo ano, apareceu uma estrela nova no céu e resolvi ir à corte imperial a fim de tomar para mim mesmo o significado de tal estrela, antes que os astrólogos a atribuíssem à enchente, aos gafanhotos ou à peste. Conquistei uma audiência com o imperador Agamêmnon ao aplicar uma surra em dezesseis lanceiros que estavam postados de cara fechada à frente de seu palácio de verão. Esbocei a sombra de uma reverência, sorri para seu semblante toldado e propus uma aposta. Eu enfrentaria seus dois maiores campeões, os dois ao mesmo tempo — se eles vencessem, eu seria seu escravo e colocaria seus pés perfumados sobre o pescoço das nações, mas se eu vencesse, pilharia o que quisesse de seu palácio. O vizir Odisseu sussurrou em tom preocupado no ouvido de Sua Alteza Imperial. Agamêmnon empurrou-o para o lado, sorriu para mim de forma odiosa e convocou seus paladinos — Ajax, de compleição de montanha, que retirava sua força das profundezas da terra, e Diomedes, tão veloz que seus movimentos formavam um borrão no ar e que havia terçado armas contra os próprios deuses.

A luta teria sido frustrante, não houvesse a fúria impotente do imperador para eu saborear. Quando me cansei do som de seus dois crânios se chocando um contra o outro, despejei-os diante do trono e reclamei meus direitos. Declarei alto e bom som que ia começar meu saque pelo harém e passei direto pelos eunucos, com suas alabardas cruelmente denteadas, e subi as longas escadarias rumo à torre alta onde Agamêmnon, sempre temeroso de ser corneado, mantinha suas mulheres.

Eu tinha apenas a intenção de provocá-lo e nada mais, ao desafiar seus maiores campeões a me matar — daquele modo eu saberia de uma vez por todas se havia no mundo alguém à minha altura. Agamêmnon era carente de imaginação — deve ter sido Odisseu que lhe recomendou soldar as portas da torre do harém naquela primeira noite, enquanto eu estava distraído. As paredes tinham um metro e meio de espessura e as janelas uma largura não maior do que a de seteiras. Não havia meios de chegar ao telhado e nenhuma outra saída que não as portas de ferro fundido — eu estava confinado. As garotas deviam ser caras, pois continuavam a lhes fornecer comida e água. No início, elas foram um prazer, mas logo se tornaram enfadonhas — sempre uma estufa de intrigas e mexericos, o repentino isolamento absoluto do harém engendrou uma absoluta maledicência. Não havia nada para fazer senão treinar com a espada e meditar, dia após dia.

Um ano e um dia depois que fui trancado no harém, ressoou

um estalido metálico e desci para encontrá-los espreitando pela porta aberta de minha prisão. Odisseu estava ali, empunhando uma bandeira branca de trégua. Atrás dele, estavam cinquenta homens munidos de redes e maças e mais cem arqueiros, pelo que pude adivinhar, mesmo a cem passos, com flechas de ponta envenenada. Odisseu pediu desculpas pela recepção ambígua — sua intenção era conversar comigo, mas Agamêmnon não permitiu que o portão fosse aberto sem todo aquele aparato, disse ele, fazendo um gesto na direção dos soldados pálidos e trêmulos atrás dele. Sentou-se a meu lado na escada e serviu araque de um frasco de cobre. Eu não provava uma bebida desde o início de meu confinamento e bebi com alegria. Odisseu disse acreditar que eu tinha vindo à corte menos para obter vitórias do que na esperança de encontrar um inimigo digno de mim. Se aquele era o caso, eu estava fadado a me decepcionar — o falecido Ajax, nunca derrotado até morrer em minhas mãos, era o mais forte que o império podia oferecer. Eu ainda podia bater-me com um braço amarrado contra todos os exércitos do imperador, mas na melhor hipótese seria como um leão lutando contra um enxame de formigas que o picavam.

Ele disse que eu havia escolhido muito mal ao ir para o harém — se em vez daquilo eu tivesse ido para o tesouro do palácio, poderia ter encontrado o alçapão secreto oculto no chão que levava para um labirinto de cavernas, numa das quais havia uma arca de cedro protegida por pequeninas aranhas brancas (seu veneno de uma virulência descomunal) e dentro da arca descobriria aquilo que agora ele me trazia, uma pequena chave de ferro preto e torcido. Era a chave, disse-me ele, que abria o portão que os deuses haviam trancado atrás de si, quando se cansaram do mundo e, por fim, o deixaram entregue a suas próprias fantasias. A dinastia dos Atridas manteve o portão trancado desde um tempo imemorial, tanto para manter os deuses fora como para manter os mortais dentro. Odisseu admitiu com franqueza que me queria longe do império, mas disse que o único modo de fazer isso era cuidar para que eu encontrasse em outro lugar aquilo que procurava — disse-me para ir e procurar entre os deuses um adversário à minha altura, porque não o encontraria entre os homens.

Parti rumo aos portões de ferro do céu, que como é amplamente sabido ficam a mil e seiscentos quilômetros ao norte e mil e seiscentos quilômetros a leste do topo da montanha onde está o túmulo do filósofo Lao Tsé. No devido tempo, encontrei os portões, instalados numa alta geleira no pico de uma montanha onde as nevascas jamais param de zunir.

Destranquei a grande porta de ferro negro com a chave de Odisseu e a abri para uma escadaria que subia indefinidamente rumo a uma noite imóvel e estrelada. Subi com esforço por um tempo indeterminado, a noite imutável à minha volta. (Ainda não sei quanto tempo demorei. De vez em quando, minha mente se desviava da tarefa de pôr um pé na frente do outro, mas eu me forçava a retornar da iminência de uma reflexão, pois sabia que aquilo me levaria ao desespero.) Por fim alcancei o topo e descobri um portão de prata idêntico ao portão de ferro, embora já tivesse passado tanto tempo desde que eu deixara a terra (atrás de mim, ela estava invisível, e havia passado um tempo que a mente não abarca) que eu me perguntei se o primeiro portão não teria sido um sonho. Esmaguei o portão de prata com o punho e irrompi no meio de uma perplexa burocracia celestial, ministros de pele azul, que zelavam pelo protocolo divino, fitavam-me de boca aberta entre as torres de memorandos que se acumulavam em cima de suas escrivaninhas. A despeito de toda sua surpresa, a retaliação foi rápida e compreensiva — salivando, demônios de presas compridas e brancas ladraram insultos e arremessaram tições acesos, um deus de rosto sinistro, com a Via Láctea em seu alforje, disparava estrelas contra mim, e devas de olhos enlouquecidos atacaram de todos os lados e de nenhum lado ao mesmo tempo e, em meio a tudo aquilo, o Imperador do Céu, em cujas mãos o mundo e todos os mundos não passavam de brinquedos minúsculos, sequer se dignava a voltar os olhos na minha direção. Ali estava, afinal, o poder verdadeiro para contrapor-se a mim, porém para meu duradouro desgosto eu havia esquecido o que era o fracasso e minha lâmina vibrou através do coração de meus antagonistas, até que me vi diante do Imperador do Céu, que continuou a me desdenhar, mesmo na hora em que cortei seu primoroso pescoço de jade. Ele despencou com estrépito de seu trono elevado, cadeias de montanhas desmoronaram na distante Terra enquanto ele caía, caía e caía. Agora tomei para mim seu trono e leio seu livro, e os devas, agora dóceis, esvoaçam perto de meus ombros, à espera, talvez para sempre, de que eu transmita minha lição de sabedoria, que é a de que eu nada aprendi, nada sei, gostaria de nunca ter empunhado uma espada, de nunca ter deixado minha choupana, de nunca ter nascido.

31. Atena na morte

Uma flecha, um salteador, uma nau, uma onda fria, uma neblina branca — a morte estava fadada a vir do mar para Odisseu Laértida e, quando o tempo se cumpriu, de fato veio. Muitas vezes ele ponderara acerca da forma que a morte haveria de tomar e pensou que havia previsto e se prevenido contra todo fim oriundo do mar, mas descobriu que morrer era desnorteante, um emaranhado de impressões de espuma, de sangue e de visões mentais vazias e demoradas. Ficou aliviado ao ver que Atena, que o abandonara havia décadas e, assim ele pensara, de uma vez por todas, agora estava ali para saudá-lo e uni-lo a seu peito (nunca antes estivera tão perto dela, nunca a havia tocado — sua pele é muito quente e ela cheira a metal e a verão). Atena sorriu para ele, como fazia quando os dois tramavam alguma travessura especialmente maliciosa, e disse que estava esperando por ele havia muito tempo, a postos para o momento em que o fio de Odisseu fosse cortado, para descer voando do Olimpo a fim de recolher sua alma, antes que ela começasse a longa viagem para as trevas. O mundo subterrâneo dos mortos não era para ele, nem mesmo os seus Campos Elísios, disse Atena. Para Odisseu, o seu mais bem-amado entre os mortais, o seu favorito desde o dia em que nasceu, ela iria, como última recompensa, conceder a vida após a morte que ele desejasse.

Odisseu pensou um pouco (provavelmente por um tempo bem longo — ele teve a consciência remota de noites passando, de folhagens brotando nos carvalhos e murchando, e durante todo esse tempo o sorriso de Atena se manteve imóvel) e pediu para ser jovem outra vez, ou pelo menos para não ser velho, e passar a eternidade numa viagem de uma guerra indefinidamente remota no passado rumo a uma ilha indefinidamente remota no futuro. Ele se lembraria de que a guerra tinha sido dolorosa, mas que a havia vencido. Os detalhes da ilha seriam vagos — imagens fragmentadas voltariam ao pensamento de tempos em tempos —, mas ele teria a certeza de que ela representava a consumação de todos os desejos. Ele não queria saber que era um fantasma. Queria que viessem provações, reis cruéis e monstros, disse ele, e que todos fossem derrotados no último segundo. Acima de tudo, disse ele, fique comigo durante todo esse tempo.* Ela faria isso, disse Atena, e fez.

Atena atendeu ao pedido de Odisseu. Ademais, como sabia muito bem que a era dos heróis estava se extinguindo como uma brasa, deu as costas para o Monte Olimpo e seguiu Odisseu.

Por mais que ela seja louca por Odisseu, às vezes sua mente se desvia e Atena olha de novo para a Terra. Quando isso ocorre, um determinado cometa cruza a constelação de Órion pelo intervalo de sete dias, antes de descair novamente para o interior

* Na Odisseia padrão, Atena não fala com Odisseu entre sua partida de Troia e sua chegada de volta a Ítaca.

da grande noite. Meu avô teve o privilégio de contemplar esse raro fenômeno celeste e asseverava que seu avô, antes dele, vira o mesmo fenômeno em sua juventude.*

* Esse parêntese idiossincrático e estranhamente pessoal é o único do tipo em *Os cantos perdidos*. A não ser por isso, o narrador não oferece comentários diretos nos relatos feitos em terceira pessoa.

32. Jardim de pedra

Quando Odisseu estava na terra dos mortos, o fantasma velado de uma mulher veio a seu encontro, enquanto as sombras murmurantes abriam caminho para ela. A beleza de seus olhos, cujo verde apenas se percebia levemente através de seu véu, era tamanha que Odisseu permitiu que ela se aproximasse e bebesse de seu sangue de sacrifício. Ela disse:

> Houve um tempo, antes de eu me tornar jardineira, em que minha vida era repleta de ruído, crianças, primos e sobretudo pretendentes, dos quais eu tinha numerosos e cuja maioria eu espezinhava. Eu tinha uma rival, poderosa e enciumada, e a situação se encaminhou para uma crise. Mais tarde, recolhi-me a uma tenda em minha ilha, me deliciava apenas com as formas, fazia todas as árvores da ilha e todas as pedras da praia refletirem a harmonia de minhas linhas. Eu me regozijava em meu jardim, não recebia visitas e era muito solitária. Às vezes julgava ouvir passos de hóspedes titubeantes, que não tinham certeza de que sua chegada seria

bem-vinda, e meu coração acelerava. Mas quando eu ia ao seu encontro, os passos cessavam, deixando só um eco entre as estátuas, que se multiplicavam no jardim. Eu sibilava e chorava minha frustração e os dias eram longos para mim.

Certo dia, pensei ter visto alguém caminhando entre minhas veredas bem-cuidadas. Fui ao encontro dele e descobri não um visitante, nem uma estátua, mas um disco de prata suspenso no ar, refletindo o sol reluzente. Fitei o disco e, enquanto ele flutuava na minha direção, de modo espectral, a lua desceu para me assombrar. Um clarão de bronze em minha visão periférica, e minha mente ficou repleta com os nítidos delineamentos de uma espada.

De súbito, era o crepúsculo. Uma sombra com uma espada e um escudo está de pé na minha frente, na penumbra, rarefeita como fumaça. Porém há mais alguém — me viro e vejo um jovem imberbe, de cabelo louro e oleoso. Fico encantada — é meu amante de tanto tempo atrás, tão esguio e ágil. Estendo a mão para a mão dele, a qual me oferece de bom grado. Hermes* diz: "Eu esperava não ver você de novo, Medusa".

* Senhor das serpentes e deus dos fantasmas, Hermes era o psicopompo, o deus que guiava as almas dos mortos recentes rumo ao mundo subterrâneo dos mortos.

33. Lei de Cassandra

Ao fugir de seu irmão através da antiga cidade no início da manhã, quando as sombras eram espessas e sua pele estava iridescente sob o sol, ela encontrou refúgio no templo de Apolo. Dentro, estava escuro e frio e o silêncio era um conforto — ela se deitou e colocou a cabeça sobre os braços, mirando a estátua do deus, que parecia perdido em pensamentos. Ela caiu num sono muito leve, em que tudo era imobilidade cinzenta, e assim ficou até que o cinzento se fundiu num homem lindo que falou de maneira suave a respeito de uma ilha repleta de cabeças de gado cuja morte traria a ruína para muitos homens, falou de uma mãe que entrou a pé no rio Estige, com seu bebê seguro pelo calcanhar, o qual um dia iria se transformar em sua perdição, falou da inexorável pressão da rede do destino. Ela acordou e deparou com Apolo olhando para ela com ar pensativo. Ele disse: "Não se preocupe. Ninguém jamais vai acreditar em você".

Daí em diante, toda vez que ela olhava para o sol tempo suficiente, podia ouvir Apolo como que falando consigo mesmo, um monólogo lento, interminável, a respeito de todos os assuntos que estivessem ao alcance de seu olhar, que abarcava enormes vastidões, e desse modo ela tinha conhecimento do futuro. Com olhos fixos, cegos pelo sol, ela soube do triste fim de Heitor, seu irmão, e de Príamo, seu pai, e chorou por eles quando ainda estavam sentados a seu lado. Suplicou para que fugissem, rezassem, se mantivessem na cidade nos dias pouco auspiciosos, mas eles se limitavam a sorrir, beijavam-na, empurravam-na para o lado. Ela via que a guerra que estava a caminho de Troia não poderia ser vencida, que a guerra só poderia terminar em chamas e em campos impregnados de sal, mas ninguém se deixava convencer. Ela ouviu seu próprio destino prevenir e não receber nenhum crédito, imprecar contra o cavalo na hora em que o puxavam pelos portões da cidade e, por fim, ser uma escrava num país distante. Pensou em fugir, porém, pela queda da sombra das muralhas da cidade, pela voz do vento que zunia entre as torres e pelo formato das nuvens brilhantes no alto, sempre mutantes, ela soube que não seria assim, que seu destino estava em outra parte, que ao menos uma vez o deus havia mentido.

34. *Principia Pelagica*

Os rangidos dos cordames e as ondas levantadas pela proa sibilam enquanto Homero jaz deitado em sua rede, olhando para o alto, para as sombras de cordas que se entrecruzam diante do esplendor do vasto pano reluzente da vela branca, com o sol por trás. As histórias que ele compôs flutuam logo abaixo da superfície de sua mente e, em êxtase, ele adormece. Seu sonho é este:

> Luz rarefeita, pedaços de madeira de naufrágio, algas marinhas, moscas negras rondando sem rumo. Ninguém mais estava na praia, o que me surpreendeu, me fez pensar no contorno do continente e em quantas terras no litoral, a qualquer hora do dia, se encontram desertas, ou quase desertas, me fez pensar num pescador solitário de botas, na cintilação da fogueira de acampamento visto à distância de uma estrada costeira elevada. Alguma coisa semienterrada na areia, angulosa e regular demais para ser uma alga. Varro um pouco a areia com a mão, achando que podia ser um velho pedaço de quilha ou algum refugo das reinarias

situadas ao largo. Em vez disso, descubro que é um livro, a capa cortada em uma espécie de couro cru, inchado de sal, encaroçado e áspero. As páginas são oleosas, fibrosas, plásticas — não são de papel. Abro o livro ao acaso e deparo com uma página de símbolos harmoniosamente espaçados, umas onze colunas na largura e umas vinte até embaixo. Não é nenhum alfabeto que eu conheça — especulo se não será sânscrito ou katakana e, por um breve momento, as formas das letras se amoldam segundo minhas expectativas, mas vejo que são diferentes, de fato não são letras em absoluto, e sim pequeninos e complexos desenhos, e não há dois símbolos iguais. O contorno de cada símbolo é imensamente detalhado e o que visto de longe parece uma linha reta, a um exame mais detido se revela um elegante rebuliço de volteios e arabescos. O estudo nada revela, apenas formas enigmáticas e intrincadas que poderiam muito bem ser cicatrizes de um verme escavador, um livro de contabilidade ou um clássico confuciano, sem nenhuma ordem perceptível senão o espaçamento regular e o fato de nenhum símbolo se repetir (a menos que de algum modo a tinta tenha encharcado os grãos da página e eu esteja queimando as pestanas com algo irrelevante). Como não tenho nada melhor para fazer, viro as páginas enquanto o sol desliza pelo céu e a maré vai subindo. As ondas que quebram lançam uma débil luz azul (luciferina e luciférase misturam-se nas bactérias do oceano, registra uma parte de minha mente distraída), sob a qual leio (se for esta mesmo a palavra) o livro, elucubrando sobre cada página, esgotando a noção de entropia. Então me acode uma intuição, uma insinuação de ordem, no entanto quando me reorganizo para articulá-la nada acontece. Se não consigo pôr em forma de palavras, será isto algo real? Eu me pergunto. Agora é noite, faróis deslizam no alto de distantes penhascos costeiros.

35. Epígrafe

Em locais desolados, há um silêncio que é terrível para um homem que se encontra longe de casa há muito tempo, e tal silêncio esperava Odisseu na cidade de Ítaca. Não havia nenhuma voz humana ali, nenhuma fumaça de fogueira, nenhum rumor de carroças. O capim crescia na rua e uma vaca magra e bravia mirou-o com desconfiança, enquanto pastava as macegas num pomar de figueiras. O mestre marujo pensou: "Cuidado. Quem sabe que malefício sucedeu a esta cidade e que malefício ainda restou? Ao voltar após todos esses anos, não é bom entrar logo correndo, como um filhote de cachorro". Assim ele deixou a estrada e subiu um morro que dava para a cidade, escondeu-se entre as árvores perto de uma cabana que outrora fora de um porqueiro e instalou-se ali para observar. Na tarde inteira houve apenas imobilidade, canto de passarinhos, e várias vezes ele se apanhou cochilando.

A noite caiu. Uma lua cheia e brilhante subiu e iluminou a ilha estática e impecável. Não havia sequer um sopro de vento. Nas derradeiras horas da noite, Odisseu esgueirou-se entre as árvores e desceu rumo à sua casa. Recordando de forma irresistível suas incursões noturnas em Troia, onde pelo menos havia um exército amigo junto ao qual podia se refugiar, ele atravessou sorrateiramente os portões abertos de seu pátio, com a mão no punho da espada.

Dentro, nada. Musgo nos montes de esterco e fragmentos de cerâmica que se desintegravam. A coleira de um cão, de metal azinhavrado, retiniu debaixo de seu pé. A casa estava fria e silenciosa. Ao avançar cautelosamente por um corredor, olhou para trás, viu as próprias pegadas na poeira, folhas ressequidas e restos de pilhagem abandonados.

Odisseu murmurou a si mesmo: "Há tantas possibilidades. A cidade pode ter sido devastada por um ataque. Pode ter havido uma emigração em massa — para evitar salteadores, por exemplo. Pode ter havido uma doença. Cada uma dessas hipóteses implica certos sinais. Cada fato é causa de uma miríade de efeitos e na verdade é impossível que uma calamidade de tal magnitude possa ter varrido toda a população sem deixar nenhum vestígio da maneira como transcorreu. O mundo é em essência um lugar de ordem, jamais impermeável à razão. Vou investigar até descobrir esse vestígio, interpretá-lo e saber o que ocorreu aqui".

Deu uma busca rigorosa na casa, à cata dos vestígios da história recente. Num armazém, encontrou uma ânfora de vinho doce, que ele achava ter ele mesmo colocado ali. Noutro, encontrou uma pilha de armas e uma armadura cobertas por teias de aranha. No todo, encontrou:

um grampo de cabelo de coral laranja
um tear quebrado
um alforje vazio e sem ornatos
um bastão de incenso partido, ainda aromático quando o girava entre os dedos
uma bacia de barro

Adentrou a penumbra do salão principal. Era uma ruína — mesas viradas e quebradas, vasos espatifados, um lava-pés. Chutou um casco de vaca antigo e ressecado. Flechas fincadas na parede, aqui e ali, mas quando tentava arrancá-las, elas se desfaziam em pó. Restos de uma batalha? As hastes estavam cravadas só numa parede — uma competição entre arqueiros? Vândalos ociosos? Ele encontrou seu grande arco de bronze jogado embaixo de umas cadeiras, manchado de verde, mas forte e flexível como sempre. Aquilo ele guardou consigo, tendo sentido sua falta muitas vezes no campo de batalha em Troia e em suas deambulações.

Saiu da casa e caminhou entre os prédios externos. O céu começava a brilhar. Cordas estavam estendidas entre o telhado da casa circular e o curral.* O jardim se achava num estado lamentável de desleixo e as cercas estavam caindo. Ele resistiu ao impulso de esquecer sua busca e começar a arrumar as coisas.

O sol subiu e, na indulgente luz matinal, ele quase conseguia fingir que aquela casa não estava abandonada e que era ainda um lugar de vida. Entrou no porão, o que estava adiando fazer. Escolhendo o lugar onde pisava, entre jarros quebrados e tombados, encontrou uma arca intacta, com cantoneiras de ferro, jogada num canto. Enfim, uma resposta. Forçou a tranca com a espada. Dentro da arca, havia uma mortalha, fivelas de cinto, uma peça de linho fino e um saco de pregos de bronze.

Naquela manhã, encontrou um bote abandonado e deixou a ilha, jurando voltar um dia com as respostas.

* Foi nesse local que as servas que dormiram com os pretendentes foram enforcadas por Odisseu, Êumaios e Telêmaco, depois da chacina dos pretendentes, na versão-padrão da Odisseia.

36. Um cisco na escuridão do oceano

Encharcado de água, enregelado, exausto, Odisseu agarrou-se a um mastro que flutuava, ondas escuras erguiam-se acima dele. Não pôde evitar o pensamento de que aquilo estava acontecendo com outra pessoa, e que tal pessoa, um estranho, estava sendo consumido pelo mar, estava à beira de se afogar. Seus dentes haviam parado de tiritar fazia muito tempo, quando apareceu uma luz fantasmagórica sobre as águas e sua mente passou da dor e do embotamento para a lucidez — Palas Atena estava com ele. Odisseu falou: Deusa, quem é você para me encontrar e me erguer quando estou perdido e em desespero? No repentino silêncio, ela disse:

> Água jorrando através de canos, derramando-se dentro de reservatórios sem iluminação, onde remoinha em silêncio. Runas de um fogo efêmero. Um livro de muitas páginas escritas em tintas que se dissolvem e ressurgem. Uma floresta crepuscular assombrada por feras, vigilantes e inquisidoras. Lealdade de heróis. Uma cebola, um oceano, um

palimpsesto, uma máquina de engrenagens de ferro azeitadas que estala em staccato. Essas estão entre as metáforas com as quais descrevo a mim mesma, como uma mão que tenta agarrar a si mesma, estendendo-se para dentro de um espelho.

37. A urdidura de Atena

Chegou a meia-noite e Odisseu ainda estava acordado, de novo em sua própria casa após vinte anos. Está deitado embaixo de uma pilha de peles de carneiro, no pórtico, seu olhar percorre em círculos e sem cessar as paredes outrora familiares, como se elas abrigassem algum segredo, a resposta para suas aflições. Tinha vindo de muito longe só para chegar ali e descobrir que sua casa havia se tornado um território inimigo, e por um momento seu coração fraquejou. Coragem, disse a si mesmo — o ciclope, cuja ira semelhava uma avalanche, era pior do que isto. Estes aqui não são homens — meninos, na verdade —, nenhum deles foi maturado pela guerra, não há três deles que eu não possa derrotar juntos e em segundos, porém são quase cinquenta. Como irei matá-los, se sou apenas um? Ele queria passar entre os pretendentes no lugar onde dormiam, no salão principal, e ir para sua própria cama, mas sabia que aquilo seria sua morte. Afinal, suas lágrimas secaram e ele foi arrastado para a beira do sono.

No território intermediário e cinzento entre o sonho e a vigília, Atena lhe surgiu, como às vezes fazia, e lhe disse: "Não tenha medo, errante. Poderia haver cinquenta vezes cinquenta homens iguais a esses, todos ladrando pelo seu sangue, e ainda assim você sairia vencedor. Como eu, você tem o dom de unir os fios da vitória usando qualquer coisa que tiver à mão". Odisseu replicou: "É uma vergonha que o costume dos habitantes do Olimpo seja o de ajudar seus protegidos a se ajudarem a si mesmos — se eu soubesse que você iria chacinar todos eles para mim, de fato eu repousaria bem tranquilo. Se você quer fazê-lo, por favor vá em frente — não perca tempo com cerimônias, com um amigo tão antigo como eu". Atena riu e voltou para o Olimpo, mas antes de ir embora lhe concedeu um sonho.

Havia a sensação de um movimento e de uma mulher distante, que sussurrava, e Odisseu encontrou um pano em suas mãos, o qual logo reconheceu como a urdidura do destino. Suas polimorfas complexidades atraíram seus olhos, mas Atena sussurrou em seu ouvido para não se distrair, procurar o fio forte e brilhante de sua própria vida, observar como ele se entremeava com os fios de sua esposa e de seu filho, de Menelau e de Helena, de todos os troianos, de Calipso e Circe, da ilha de Ítaca. Os destinos dos pretendentes eram traços frágeis, debilmente presos ao mundo. Miríades de futuros se abriam diante deles, mas todos eram breves e todos terminavam de modo amargo.

Odisseu acordou desconcertado, sentindo-se como um vidente. Vagou com elegância entre os ardis da casa,* via a si mesmo como um ator num teatro, imergiu no papel de um mendigo errante enquanto estudava seus inimigos com olhos lúcidos. Quando as coisas chegaram ao ponto crucial e o arco de bronze foi tensionado,** ele disparou uma flecha depois da outra para den-

* Lembrem que Odisseu voltou ao lar disfarçado de mendigo.

** Com a conivência do filho Telêmaco, Odisseu persuadiu os pretendentes a tentarem disparar uma flecha usando seu robusto arco de bronze. A título de brincadeira, os pretendentes disseram para o mendigo fazer uma tentativa ele mesmo, e assim foram todos aniquilados.

tro do peito dos pretendentes, com um supremo distanciamento — teve a visão de estar no curral orvalhado nos montes acima da casa, escorrendo suor sob o sol alto da manhã, enquanto disparava flecha após flecha no tronco de um carvalho situado a cem passos de distância. Toda vez que encaixava uma flecha no arco, podia sentir o cheiro de capim molhado e ver o sol ardendo por trás das folhas do carvalho.

Quando os pretendentes restantes conseguiram se armar e se aproximar de seu atacante, não ocorreram as costumeiras oscilações de uma batalha. Um homem avançava brandindo sua espada, expunha uma abertura através da qual a lâmina de Odisseu era introduzida e tombava morto, e assim por diante, um após o outro.

Depois que secaram as lágrimas do reencontro e o júbilo de Odisseu e de Penélope alcançara um estágio menos febril, ela mostrou ao marido a mortalha que vinha tecendo para o pai dele, Laertes. Odisseu segurou o pano comum e inofensivo e reconheceu o tecido que Atena, a improvisadora, a ardilosa, lhe havia mostrado.

38. O longo caminho de volta

Ao olhar para trás, Teseu compreendeu que era Dédalo que ele deveria ter temido. Minos não passava de um rei, embora sábio, e Ariadne não passava de uma menina, embora linda, porém nem a sagacidade de Dédalo nem seu labirinto tinham nenhum fim. Teseu chegara a Creta jovem, formalmente um prisioneiro e um sacrifício, mas ria em seu íntimo e estava sedento de sangue. Ainda não tinha idade bastante para acreditar na morte, embora já tivesse matado um punhado de homens. Ver o sangue vital de tais homens manchar sua lança e suas mãos lhe havia ensinado apenas que a morte é o reino dos outros.

Em seus paramentos brancos de cerimônias sagradas, o rei Minos e sua filha de cabelo dourado, Ariadne, receberam as oferendas atenienses, quando desembarcaram no porto de Cnossos. Teseu, o capitão ateniense, julgava elegante tratar seu inimigo com grande urbanidade e respondeu à saudação oficial com a máxima cortesia. Minos, homem de espírito justo, explicou-lhes em pormenores por que eles iriam morrer. Falou de Pasifaé* e de cópulas monstruosas, de bois que voavam através do mar e de ódio desvairado em olhos divinos. Teseu mal lhe deu ouvidos — eles estavam onde estavam e pouco importava como haviam chegado e, de todo modo, ele foi distraído por Ariadne, que primeiro o evitou, mas logo respondeu a seu olhar. Depois do discurso de Minos, os atenienses foram conduzidos para as celas luxuosas onde seriam mantidos durante uma semana, antes de serem encaminhados ao labirinto — o Minotauro preferia vítimas saudáveis, bem nutridas e livres de doenças.

Na segunda noite, foram levados a um banquete servido nas sacadas que davam para uma arena: abaixo deles, escravos saltavam sobre touros que desferiam suas marradas e iniciados dançavam com machados de duas cabeças. O velho engenheiro Dédalo estava lá, trajando uma túnica branca, lisa, manchada de comida, e ignorava tanto seus companheiros quanto as cerimônias encenadas abaixo, todo seu interesse estava concentrado nos diagramas que desenhava sobre a mesa, com a borra do vinho. A seu lado, uma matrona de seios desnudos, de rosto sem idade e sorriso duro fazia tentativas vãs e pertinazes de travar conversa (o que fez Teseu sorrir — o vestuário dela era ultrajante de acordo com os padrões atenienses, mas o rosto da mulher e seu porte fizeram Teseu lembrar-se da mãe). Minos ergueu vários brindes a Dédalo, que os recebeu com forçada benevolência — corriam rumores de que, em Creta, ele era hóspede contra sua vontade. Minos exaltou as numerosas proezas de Dédalo — não só o fato de ter projetado e construído o labirinto no coração do palácio, mas também o próprio palácio e a cidade, com seus

* Pasifaé era esposa de Minos. Ela ofendera a deusa Hera, que a castigou com uma grande paixão por um touro branco e sagrado. Dédalo construiu para Pasifaé uma espécie de simulacro oco de vaca, com o qual ela pôde consumar seu desejo. O fruto de tal união foi o Minotauro, um monstro canibalístico, meio homem e meio touro.

portos, santuários, bibliotecas e universidades. Ele havia até traçado as fazendas, os campos de cultivo e as estradas em redor de Cnossos, para não falar de seus projetos arquitetônicos nas províncias remotas, no continente e até nos reinos da Pérsia e da Lídia, no extremo oriente. Teseu achou que ele não parecia muito alguém que sobrepujasse todos os homens no alcance de seus feitos. Com seu pescoço fino, nariz comprido e cabeça bastante grisalha, as únicas coisas notáveis a respeito daquele homem eram sua perturbação e a concentração com que olhava para seus esboços riscados a vinho. Ariadne pediu desculpas para verificar o estado de seus hóspedes atenienses — pôs-se de pé junto à cadeira de Teseu e ele lhe agradeceu pela hospitalidade, tocando sua mão à guisa de ênfase.

Na noite seguinte, Ariadne visitou Teseu sob o pretexto de explicar a justiça do pai, a necessidade de manter o monstro sagrado apaziguado, a razoável e tradicional sujeição de Atenas a Cnossos. Teseu fingiu o mais possível prestar atenção e sentou-se perto o bastante para que suas pernas se tocassem. As coisas aconteceram. Ela não era sua primeira amante, mas o perigo, a clandestinidade e a promessa de derramamento de sangue conferiam ao caso uma intensidade luminosa, que antes disso ele só havia conhecido em batalha. Ariadne o amava, amava Teseu completamente, mais do que amava seus pais, seu templo ou a própria vida, disse ela com voz turva, coagulada, o rosto branco avermelhado pela emoção. Ela saiu por um breve tempo e voltou trazendo os meios para a vitória — uma compacta bola de linha, uma espada afiada e a chave da cela de Teseu.

Quando Ariadne se foi, Teseu se agachou junto à porta durante um tempo indefinido, ficou escutando e não ouviu nada. Quando a impaciência por fim suplantou a cautela, Teseu esgueirou-se de sua cela e seguiu as orientações de Ariadne, avançou pelos corredores iluminados por archotes e desceu escadarias escuras. Palmilhava seu caminho de pés descalços, trocando o conforto (o piso estava muito gelado) pelo silêncio, preparado para blefar e depois matar qualquer um que surgisse à sua frente, mas não viu nenhuma outra alma em seu caminho rumo à porta do labirinto. Ariadne dissera que não estaria trancada — qualquer um que quisesse entrar era livre para fazê-lo. Teseu amarrou a ponta da linha no suporte de um archote, sacou da espada e avançou sorrateiro, com o sangue entoando um canto de guerra.

No interior, havia atalhos, arcadas e galerias elevadas, todas construídas com a mesma pedra branca e lisa, ecos que rolavam a esmo através das câmeras interligadas e dos corredores entrelaçados, devolvendo de forma tortuosa a suave batida de seus passos. Às vezes Teseu pensava ouvir o monstro gemer e suspirar em seu sono; o calafrio de temor levava Teseu a deixar os dentes à mostra. Controlando-se, Teseu ponderava que tais ruídos não eram tão agourentos; se estava adormecida, como qualquer homem ou animal, a criatura não podia ser imortal, com o icor correndo nas veias e os olhos abertos numa vigília de mil anos.* Ademais, a criatura estava habituada a matar crianças aterrorizadas e não um guerreiro armado e decidido (embora tivesse apenas dezesseis anos, ele merecia aquele título).

Pela disposição do palácio, Teseu havia deduzido as dimensões aproximadas do labirinto, todavia ou se enganara ou se perdera, porque vagava através de mais corredores do que havia imaginado que o labirinto poderia comportar. Quanto mais se aprofundava, mais parecia que Dédalo às vezes usava o labirinto

* Referência a Argos, gigante de mil olhos usado por Hera como guardião de um bosque de maçãs de ouro. Seus olhos dormiam de forma independente — não importava a hora do dia ou da noite, centenas de olhos estavam sempre despertos e vigilantes, em todas as direções.

como uma oficina de trabalho — em certas câmaras, havia mapas em relevo de Cnossos entalhados nas paredes, às vezes com anotações, numa letra aranhosa, acerca dos pontos fracos estratégicos e dos méritos relativos das catapultas em comparação com as balestras, instaladas em portos, muralhas, promontórios e torres. Em outras câmaras, encontrou desenhos de pássaros e de criaturas do mar (alguns desenhos notavelmente semelhantes a criaturas vivas, outros de esqueletos em poses cuidadosamente estudadas), cristais de rocha amarelos e cerosos dentro de caixas numeradas e uma estante de livros cujas páginas eram espelhos da espessura de pergaminhos, com diversos graus de refração e de transparência. Em certa câmara, descobriu um mapa do labirinto, mas era difícil associá-lo a suas lembranças dos corredores que tinha visto, e logo descobriu outras câmaras com outros mapas, igualmente convincentes e, quando examinados com atenção, totalmente contraditórios.

Encontrou o Minotauro dormindo numa arcada, estirado sobre as costas (desprovido de roupas e obviamente macho), seus braços e pernas enormes esparramados à sua volta. A criatura era grande — de pé, devia alcançar um pouco mais de dois metros, calculou Teseu. Os chifres do Minotauro eram compridos e pontiagudos o bastante para atravessar o corpo de um homem, mas mesmo assim Teseu ficou aliviado — em sua imaginação, o monstro resfolegava chamas e enchia todo o espaço de uma caverna com o volume do corpo, porém agora que via a fera reconheceu nela apenas mais uma vítima. Teseu avançou de modo sorrateiro, surpreso de que a criatura pudesse não acordar com as batidas clamorosas de seu coração. Ergueu a espada para golpear a carótida, mas hesitou ante a ideia de matar um inimigo adormecido — ainda era um pouco menino e amava a honra.

Naquele instante, o Minotauro despertou e com a pata volumosa desferiu uma pancada que o atirou longe. Teseu se recuperou e se pôs de pé com um pulo, enquanto o Minotauro urrava e atacava de chifres abaixados. Teseu esquivou-se com uma finta para a esquerda e deu um passo para a direita, como havia treinado tantas vezes com os touros do pai em Atenas e, quando a fera passou por ele rugindo, Teseu golpeou com a espada a espinha dorsal do Minotauro, na base de seu pescoço. O Minotauro diminuiu o passo, depois oscilou e tombou pesadamente, de um jeito cômico, baixando por terra sobre a barriga, com o som alto de uma lapada. Uma bolha de sangue formou-se em sua narina, estourou e depois veio a imobilidade. Morto, o monstro dava pena, com seus olhos de vaca vidrados cheios de terror. Teseu tentou limpar sua espada nas paredes sem sucesso (não queria manchar sua camisa e não era capaz de aproximar-se do cadáver), mirou seu inimigo tombado por um momento e virou-se a fim de achar seu caminho de volta para sair do labirinto. Ocorreu-lhe de recolher a linha, mas seria difícil e, de todo modo, pensou: "Não importa que eles vejam o artifício graças ao qual seu deus foi morto por Teseu, o ateniense".

Fora do labirinto, Ariadne estava à sua espera. As faces dela tinham manchas de lágrimas, mas ela o saudou com serenidade. Retiraram os demais atenienses de suas celas e esgueiraram-se para o embarcadouro, onde acenaram com archotes no ar da noite úmida, e sua nau, que todas as noites percorria o mar ao largo do ancoradouro, aproximou-se para buscá-los. Uma vez já bem distantes no mar, pararam de andar de modo sorrateiro no convés e de falar em sussurros e começaram a rir, enquanto brandiam os punhos para o rei Minos e para a cidade cujo semideus tutelar Teseu tinha acabado de aniquilar. De quando em quando, ficavam em silêncio e não havia nenhum ruído, exceto as ondulações das velas e o murmúrio das ondas levantadas pela proa. Após um tempo, alguém dizia: "Quem quer um pedaço de carne?", e os risos recomeçavam. Ariadne não participava, mas Teseu segurava sua mão, beijava-a e contava como Atenas era bela.

Quando chegaram, o rei Egeu abraçou Teseu e deu boas-vindas a Ariadne, com a cortesia devida a uma princesa e com a afeição devida a uma filha. Ela e Teseu casaram-se na Acrópole, sob a lua cheia após o equinócio de outono, enquanto o povo brandia no ar os archotes e cantava. O primeiro filho deles foi concebido naquela noite e pouco depois o velho Egeu falou em particular com Teseu e disse que estava saciado de honras e que tencionava abdicar, de modo que ele, Teseu, pudesse desfrutar a condição de rei enquanto jovem. Nasceu um filho e depois outro e Teseu tornou-se maduro, o rei sábio de um povo próspero.

Muitos anos mais tarde, num verão, quando o cabelo dourado de Ariadne estava se tornando prateado, Teseu voltou de uma caçada e se deu conta de que era o dia em que antigamente os sacrifícios eram enviados para Creta. Pensou em sua luta com o Minotauro e, num impulso nostálgico, desceu aos porões embaixo do castelo a fim de rever a espada de Ariadne. Os porões, escavados séculos antes como um refúgio contra invasores, eram escuros, extensos e desnorteantes. Teseu perdeu-se, mas continuou andando pelos corredores baixos, dando voltas ao acaso, seguro de que logo encontraria seu rumo. Quanto a isso, verificou-se que estava certo, quando virou numa esquina e encontrou estendida no chão uma linha que desaparecia em ambas as direções. A seu lado estava a espada que Teseu procurava. Apanhou-a, escolheu uma direção e, curioso, seguiu a linha até sair do labirinto de Cnossos e encontrar Ariadne ali, à sua espera, de cabelos dourados, uma menina calma e serena, as faces molhadas de lágrimas.

Mais uma vez ele passou pelos movimentos da fuga, mas dessa feita seu coração não tomava parte naquilo. Desconfiava de Ariadne, julgando que estava conluiada com Dédalo e com Minos, tentando abatê-lo por meio de seus feitiços, atraindo-o com artimanhas para um labirinto sem limites. Em sua nau,

Ariadne procurou-o em busca de conforto, mas Teseu mostrou-se frio com ela e Ariadne logo se afastou para ficar sozinha — os demais atenienses entenderam a sugestão de Teseu e a ignoraram. Teseu a observava com olhos duros e no dia seguinte anunciou que precisava diminuir o lastro da nau, e deu ordem para tomarem a direção de Naxos. Não obrigou Ariadne a deixar a nau sob a ponta da espada, mas disse que faria isso se necessário, muito embora a única espada que tivesse era a que Ariadne lhe dera e, portanto, tratava-se provavelmente de uma espada amaldiçoada. Ela se lamuriou e tentou agarrar-se a ele, mas o rosto de Teseu não se alterou enquanto ele sacudia das mãos as lágrimas de Ariadne, e por fim ela se permitiu ser baixada nas águas rasas, onde pôde caminhar, atormentada por soluços. Teseu repôs a nau em movimento e Ariadne caminhou rumo à terra, entre as ondas pequenas. Mais tarde, achou que ela o havia amaldiçoado e o deixara desmemoriado, ela que era uma sacerdotisa e ouvia a voz dos espíritos, porque em seu ensimesmamento Teseu se esquecera de içar velas brancas e no momento de seu regresso tornou-se um parricida.*

Quando a nau estava fora de vista, Ariadne entregou-se a um choro histérico e ao ódio contra o homem pelo qual havia traído sua família e seu reino. Quando se recuperou o bastante para respirar e andar de novo, Ariadne escalou o pico da única montanha de Naxos e construiu para si um abrigo na mata. De tempos em tempos, uma nau parava a fim de pegar água, às vezes até alguma nau pertencente a seu pai, mas ela julgava cortados todos os vínculos e mantinha-se escondida até irem embora. Exercitava-se nas artes da magia negra, nas quais fora iniciada

* Egeu, seu pai, dissera à tripulação para içar velas brancas se Teseu estivesse vivo e velas pretas se tivesse perecido. Quando viu a nau do filho velejando rumo a Atenas com velas pretas, ele se atirou do alto da Acrópole, em desespero.

desde os tempos de menina e, à medida que os anos passavam, adquiria poderes mágicos e se tornava poderosa. Espalharam-se rumores sobre uma ninfa branca que habitava Naxos, tão bela quanto cruel e totalmente impiedosa.

Ariadne viveu na solidão durante tanto tempo que não conseguia mais conceber a vida sem ela, quando o mar lançou um desconhecido à sua praia. Tinha os lábios azuis, o cabelo emaranhado e embolado com algas, mas seus olhos eram lindos. Ariadne imaginou se o homem semiafogado poderia aliviar sua solidão, porém ocultou sua carência, mesmo enquanto o alimentava. Quando ele acordou, Ariadne disse que seu nome era Ocultadora* e que ele tinha sorte de ainda estar vivo. Ele fez todos os necessários ruídos de gratidão, mas em poucos minutos traiu Ariadne, contando uma história de uma guerra distante e de um lar muito almejado, um filho e até uma esposa à espera de seu regresso. Aquilo foi doloroso, mas Ariadne havia aprendido a arte da paciência. Mostrou a ilha ao desconhecido e disse que ele devia ir para casa, se pudesse, e que ela havia feito tudo o que estava a seu alcance. O homem passava os dias nas praias, na esperança de avistar uma nau, mas a neblina branca que Ariadne havia levantado ocultava tudo. Na quarta noite, ela não ficou surpresa e, de maneira conveniente, isso permitiu que escondesse seu contentamento, quando ele foi para seu leito.

Quanto a Teseu, agora está no Inferno, errante e inquieto, mas é a mais feliz de todas as sombras, sempre à espera de se descobrir mais uma vez entre as paredes brancas e lisas, as arcadas e as galerias elevadas.

* A palavra em grego para ocultadora é *Calipso*.

39. O disco do oceano

Os dias dele estavam tolhidos pelo disco do oceano. De manhã, galgava o topo da ilha dela e sentava-se, abraçado aos joelhos, o peito contra o vento, e esquadrinhava o horizonte em busca de velas brancas. Ela o deixava sozinho enquanto o sol brilhava, mas no crepúsculo ela se aproximava, vindo da penumbra, tocava seu rosto, pegava sua mão e tratava de atraí-lo de volta para sua caverna. Ele a rechaçava com rudeza. "Então pode ficar", dizia ela, "e procure naus no escuro." Ele se retraía e lhe dava as costas. O rosto dela baixava e ela pedia desculpas, não queria magoá-lo, mas não fazia mesmo muito sentido ficar de vigia durante a noite. Alimentando o orgulho dele com todo cuidado, ela o atraía de volta a seu leito.

Na luz que se extinguia, Hermes observava os dois, exasperado. O machado afiado cintilava no capim, no lugar onde ele o colocara semanas antes, a lâmina cuidadosamente virada para refletir o sol do entardecer. Logo atrás dele, havia um bosque de pinheiros altos e jovens, perfeitos para construir barcos.

40. Sanatório

A guerra fora longa e terrível. Quanto a isso, o senhor O* tinha certeza, embora só conseguisse recordar algumas poucas imagens desconexas e desconcertantes: poeira que pairava acima de um campo de batalha e rebrilhava enquanto o sol subia por trás. Um capacete de metal partido em dois. Uma árvore negra no meio de uma planície branca. Mais tarde ele soube que aquelas eram imagens de canções famosas, emblemáticas da guerra — haviam ganhado prêmios — e quase com toda certeza ele não vira aquelas cenas pessoalmente. Contudo tinha certeza de que estivera na guerra. Era o que as enfermeiras lhe diziam, ou pelo menos sugeriam, e além disso havia suas cicatrizes, e, também, por que razão estaria ele num sanatório se não fosse para se recuperar? Os prédios pequenos e cúbicos aferrados

* O texto deste capítulo omite o nome de Odisseu, oferecendo em troca o que, muito provavelmente, vem a ser o tratamento honorífico masculino não flexionado seguido pela letra ômega. "Senhor O" é uma tradução razoavelmente aproximada.

aos penhascos vertiginosos da ilha como ninhos de andorinhas, escadarias íngremes que traçavam arcos de parábolas entre eles. Gatos que se espreguiçavam sobre os muros, seguindo o rastro do sol e mirando com ar cético o mar azul-celeste e os ninhos das águias nos parapeitos. De forma inexplicável, ele queria partir. Exortava a si mesmo a demonstrar um espírito de gratidão, mas aquilo só servia para torná-lo mais irascível. Pegou o hábito de puxar fiapos de sua túnica de manhã e fazer bolinhas de miolo de pão no jantar.*

Os dias passavam como um bando de pássaros brancos que rodopiam no alto, e ele não se recordava mais de si mesmo, embora muitas vezes resolvesse assumir como tarefa fazer isso. Às vezes encontrava anotações que havia escrito para si mesmo e que traçavam planos minuciosos para ativar a memória — meditação e um diário, por exemplo, os quais ele logo veio a abandonar. Havia uma arca feita de cedro cheia de recordações no pé de sua cama — um saco de sal, uma bola de cera de abelha, um cajado feito de oliveira e moldado a fogo, uma flecha com penas

* Por volta do ano 1000 a.C., os maiores centros de estudos de medicina no mundo grego eram os templos de Asclépio, no arquipélago Cicládico. A rigor, esses templos eram hospitais. No topo da hierarquia do templo, ficavam os médicos, apenas uns poucos em cada templo. Acreditava-se que eles ouviam as vozes dos deuses e que tinham poderes sobrenaturais de cura. O acesso a eles era cuidadosamente restrito — os doentes podiam ter de esperar no templo um ano e sacrificar uma hecatombe antes de conseguirem uma consulta. Se isso era devido ao número de pacientes, a costumes religiosos muito rigorosos ou a um aparato de encenação demasiado ostentoso, não fica inteiramente claro pelos registros textuais e arqueológicos.
Os trabalhos de enfermagem no templo eram cumpridos por mulheres que permaneciam dois anos a serviço do deus. Muitas mulheres ingressavam no serviço após a morte do marido. Embora não fossem propriamente freiras, eram celibatárias durante o tempo de serviço no templo e levavam uma vida essencialmente monástica.

negras e de haste negra. Acostumou-se a manipular tais objetos na esperança de despertar alguma recordação.

Durante uma noitada musical, uma mulher de vestido verde comprido cantou canções sobre uma antiga guerra na qual heróis quase de todo esquecidos combateram e morreram por motivos que eles mesmos, ao que parecia, julgavam desprezíveis. Sua voz plangente enchia o salão de música, com muitas fileiras de ouvintes educados e com o teto pintado à maneira de um céu ao entardecer. Enquanto outros aplaudiam, o senhor O enfiou a mão distraidamente no bolso do casaco e encontrou um bilhete amarfanhado, manchado de água, possivelmente sua própria letra, avisando para ele fazer o tratamento com este ou com aquele entre os eminentes médicos do sanatório.

Rapidamente agendaram suas consultas, sem nenhum dos sacrifícios ou nenhuma das purificações costumeiras. Primeiro foi aos aposentos da doutora Sylvia, onde janelas panorâmicas davam para o mar, do alto de um longo declive, em que ondas quebravam com estrondo contra as rochas e peixes-espada saltavam à flor da água. Ela lhe falou acerca dos acúmulos de memórias moribundas que o mantinham, de forma incômoda e patológica, ancorado ao passado, e como elas podiam ser eliminadas.

Depois esteve com a doutora Karidis, cujos aposentos ficavam embaixo de muitos e longos lances de escada, bem no fundo da ilha, abaixo do nível do mar. Eram frios e escuros, a silhueta da doutora quase invisível, suas estantes de livros meras conjecturas nas sombras. Ela prometeu conduzi-lo cada vez mais para baixo, para longe do momento, longe da doença, através das camadas vigilantes do ego, através da desassossegada camada que está sempre sonhando e da camada entorpecida que mantém o coração batendo, até que ele não precisasse mais voltar para cima.

Depois das consultas, ele se manteve em seu quarto durante dias, recusando-se a abrir a porta por mais que a enfermeira batesse, mas mesmo sem seu paciente atender ela o repreendia com delicadeza, pois sabia que teria de escolher entre uma das médicas.

Escolheu Sylvia e, a caminho da consulta marcada, explicou à enfermeira suas numerosas e matizadas razões para agir assim, se bem que na verdade o motivo era ser ela um pouco menos terrível do que a outra.

A consulta propriamente dita foi vazia, como foram também os dias que seguiram.

Quando voltou a si, estava desorientado e esquecido e explorou o próprio quarto como se fosse novo para ele. Havia pouco a descobrir — um diário novo, as páginas ainda unidas, sem serem cortadas, e uma arca de cedro vazia. Ele ia desistir e voltar para a cama, mas algo se moveu dentro dele, e continuou sua busca, reagindo com uma alegria fingida quando uma enfermeira chamou-o do corredor para lhe perguntar como estava passando. Sua persistência foi recompensada com a descoberta de um pequeno embrulho de papel espremido entre o colchão e a cabeceira da cama. Ao retirar o papel, descobriu que continha o desenho de um cavalo, composto apenas de umas poucas linhas, mas executado por mão confiante e vigorosa. Dentro do papel havia uma trança de cabelo vermelho. Ergueu a trança até o rosto e inalou, e foi varrido por um vasto desejo, ao qual não conseguia dar nome.

Certa manhã, pouco depois desse despertar, uma enfermeira foi a seu quarto com sua medicação, pensou ele, mas em vez disso ela se mostrou muito séria e explicou que a situação havia mudado. A guerra, que julgavam pacificada, apenas passara por uma fase de hesitação. Agora ela avançava célere rumo ao sul, pondo em debandada tudo à sua frente, e eles tinham de partir. Para onde vão me levar?, perguntou o senhor O. E quanto ao meu estado de saúde? E minhas consultas? Uma pausa embaraçosa. Os recursos eram limitados, explicou a enfermeira, e as agruras de uma época como aquela eram tamanhas que os enfermos, os menos úteis, deviam ser deixados para trás.

Àquilo ele nada tinha a dizer. Pegou o hábito de vagar entre os prédios brancos, agora vazios. Às vezes lhe ocorria a difusa ideia de uma outra ilha, como aquela, mas menos graciosa e mais remota, porém não conseguia dar um nome a ela nem lembrar o caminho que levava até lá.

41. Fogos de artifício

Odisseu perambulava pelos montes baixos de Ítaca. Nadava como uma lontra através dos vórtices e da rebentação violenta e conhecia todas as cavernas, matagais e campos assolados por borboletas e repletos de zumbidos. Caçava pássaros nos bosques, ficava deitado durante horas, à espera, até que o silêncio parecia enchê-lo (mas nunca um silêncio perfeito — havia sempre algo que não chegava a ser propriamente um ruído e apenas beirava o limite da audição). O mundo exterior era o nevoeiro que avançava do oceano, uma vela branca no horizonte e o rumor de parentes distantes. Seus pais tentavam civilizá-lo e, embora aprendesse a tocar a lira e a usar a espada, encarava tais atividades como meras cerimônias formais, que não diziam respeito ao seu eu verdadeiro nem à continuidade de seus dias.

Numa floresta perto do mar, havia um templo egípcio* que

* A Oitava Dinastia do Nilo do Egito teve uma fase expansionista em eras pré-clássicas e implantou colônias em muitas ilhas no Mediterrâneo. Elas floresceram por um breve período, mas por fim feneceram devido à falta de apoio do Egito, que foi assolado por uma série de guerras civis. Na época da Guerra de Troia, só ruínas e o topônimo ocasional sobreviviam.

se esfarelava, suas colunas remanescentes entalhadas com imagens de homens com cabeças de pássaros e de animais — íbis, leão, chacal, gavião, touro. Ofereceu àqueles deuses descobertos ovos de pássaros e pontas de flechas e se perguntou se eles haviam permanecido na ilha ou tinham partido para o mar.

Quando o sol estava se pondo, ele subia numa árvore, estendia-se sobre um galho e mirava as estrelas enquanto elas emergiam do azul que se tornava mais carregado. A cada noite, pensava, elas ficavam um pouco mais próximas, caindo na direção do mundo muito lentamente e de uma distância enorme. Ele fixava o olhar numa estrela, fechava os olhos e depois olhava de novo, na esperança de captar o crescimento de seu brilho.

O tempo passava zunindo como as flechas negras cujas sombras escureciam a planície à frente de Troia. A aglomeração da batalha era tão densa que os soldados mal conseguiam se mexer, constrangidos de todos os lados por amigos e por inimigos, igualmente, os corpos dos soldados próximos ou se estendiam debaixo de seus pés ou tombavam sobre eles. O vento erguia as ondas e a poeira branca que recobria rostos, espadas e armaduras. Quando a pressão dava uma trégua, os soldados esbranquiçados desferiam uns contra os outros golpes cruentos, canhestros e de curto alcance; os fluxos carmins e os borrifos de sangue surgiam nítidos em sua brancura. Quando o vento amainava, Odisseu podia ver as muralhas de Troia, nunca distantes e sempre fora de alcance.

O cheiro da ilha não havia mudado — carvalho, calor, poeira, mar, pedra —, o que encorajou Odisseu quando sua nau de velas brancas lançou âncora. Enquanto caminhava pela estrada rumo à sua casa pela primeira vez em décadas, prometeu a si mesmo que não se envolveria nunca mais em assuntos de deuses ou de homens, que voltaria para suas florestas e para a imobilidade das tardes invariáveis. Contudo parecia que as lágrimas do reencontro mal haviam secado quando a casa toda se encheu de lamentações e ele se viu postado diante da elevada pira fúnebre de seu pai, com um archote na mão. Pouco depois disso, segurou seu primeiro neto nos braços e, sob todo o peso do nascimento e da morte, uma represa em alguma parte se rompeu e o tempo desabou sobre ele numa avalanche. Logo seu neto estava alto e forte, como estava a árvore sobre o túmulo de seu pai, e muito antes de estar preparado ele não conseguia mais puxar seu grande arco de bronze, nem lembrar os nomes dos homens que haviam morrido por ele em Troia, nem conseguia falar.

Telêmaco, Penélope e as criadas carregaram Odisseu em meio à neblina do início da manhã rumo a uma pequena edificação nos montes atrás da casa. Fazia dias que ele perdera a consciência e cada respiração era um esforço violento e trepidante. Suas mãos se contorciam brevemente, como se tivesse sonhos perturbadores. As mulheres enchiam o cântaro, arrumavam a cama e abriam a janela, deixando Telêmaco de pé ao lado do pai.

Odisseu tem consciência da presença do filho a seu lado, tem consciência de que Telêmaco, de vez em quando, enxuga sua testa, murmura de modo distraído e olha para a janela. Em algum lugar, mulheres falam em vozes calmas e baixas. Faz quatro dias desde que ele abriu os olhos, mas de repente, subindo à tona de sua confusão, está olhando para si mesmo, deitado no leito. Aquilo que pensou que eram enfermeiras são sacerdotes, egípcios, que se movimentam pelo quarto (as paredes de pedra estão cobertas de hieroglifos), preparando facas de vidro negro e jarros de alabastro. A seu lado, está postado um homem com cabeça de chacal, de braços cruzados, que aguarda com paciência. "Será que nunca vão terminar com isso e me deixar em paz?", ele se pergunta. E então (depois que os sacerdotes depuseram os jarros a seus pés, junto a uma pilha de ataduras de linho, e depois que o homem com cabeça de chacal sussurrou em seu ouvido algo sobre a imortalidade), ele está deitado numa mesa entre montes verdes e ondulantes (ocorre-lhe que aquilo parece a paisagem que avista de sua janela, ou como será aquela paisagem dali a mil anos, quando a cidade tiver sido destruída pela erosão). Os montes o envolvem, o vale se aprofunda. Os rastros do vento no capim alto. Depois é noite, os montes se foram. A mesa jaz num mar quente, raso e imóvel. O silêncio é completo (exceto, de quando em quando, por alguma sugestão de vozes preocupadas). Não há lua. As estrelas estão mortiças, como que atrás de uma camada de nuvens altas. Mas agora estão se aproximando e se mostram mais brilhantes. Agora reluzem com força. Fogos de artifício.

42. Registro de uma partida*

Olhamos para um tabuleiro de xadrez e vemos um rei medieval, algum Henrique da Inglaterra de sangue ralo, sentado com toda a pompa, junto a sua esposa megera, libertina e feiticeira. Flanqueando a ambos, estão abades maquiavélicos, de lábios superiores finos, supremos mestres da casuística, cortesãos elegantes e ateus inveterados. De ambos os lados das portas da catedral (no tabuleiro xadrez, vemos primeiro a forma em cruz e em preto e branco da planta baixa de uma catedral e em seguida os campos de cultivo, meticulosamente delimitados, de uma propriedade rural feudal), cavaleiros postados de sentinela com as mãos pousadas sobre o castão do punho de espadas *zweihänder* e com armaduras de metal cintilantes. Na periferia do reino, castelões passeiam entre palácios de inverno e de verão, levantam

* Embora escrito em grego homérico verossímil, o conteúdo deste capítulo não pode ser datado muito antes da Idade Média. Podemos supor que se trata de um acréscimo tardio ao papiro; de todo modo, é o menos intacto dos textos do papiro — danos causados pela água fizeram com que muitas palavras e, em certos casos, parágrafos inteiros sejam fruto de conjectura e de interferência.

lençóis brancos que recobrem o mobiliário de cem anos de idade e arejam quartos no alto de torres nos preparativos de uma visita real. Originalmente construídos como fortificações (com seteiras e ameias para comprová-lo), os palácios são agora *châteaux* rurais, seus portões levadiços cobertos por videiras e por pequenas rosas aromáticas. Mal vale a pena mencionar os servos que cuidam de seus amos e dos jardins de seus amos — brava gente, sempre pronta a deixar de lado os bules de chá e as tesouras de podar, a fim de empunhar lanças compridas para um ataque impetuoso contra o inimigo.

Se nosso discernimento fosse mais aguçado, veríamos um campo de batalha em sua totalidade mais antiga e mais caótica. O chatarang a quatro mãos, o ancestral do xadrez moderno, foi criado na Índia para as castas dos soldados, dois milênios antes de Cristo, com peças que, em certos casos, são quase irreconhecíveis. A rainha, agora o terror do tabuleiro, era na época um vizir político que pairava ao lado do rei, como que temeroso de causar alguma ofensa. Os bispos eram elefantes de guerra, monstros de presas longas que pisoteavam a infantaria, enquanto os cornacas montados em seus dorsos disparavam pedras com fundas e lanças. Os cavalos eram uma cavalaria de arqueiros montados (nos séculos anteriores à invenção do estribo, não havia lanceiros), que faziam arremetidas ligeiras e recuavam a galope. As torres não eram fortalezas, mas carros de guerra, armas terríveis que cruzavam em disparada o tumultuoso campo de batalha, causando estrépito sobre pedras e cadáveres, enquanto gadanhas fixadas nas rodas retalhavam pernas de homens e cavalos.

A casta dos katíxias, que eram guerreiros e soberanos da sociedade indiana na época, acreditava a fundo na elegância inata da ordem retilínea. Sua imagem do paraíso era um campo verde perfeitamente nivelado, cortado ao meio no sentido norte-sul por um rio frio e azul, e no sentido leste-oeste por outro rio. Seus jardins se enquadravam o mais possível nesse ideal e, de maneira pertinaz, o mesmo faziam seus mapas. Considerava-se como algo óbvio que o mundo, uma emanação da mente de deus, era ordenado em conjuntos de quadrados adjacentes, geometricamente perfeitos — o fracasso do mundo geográfico observável em se enquadrar a esse ideal matemático era facilmente atribuído à pecaminosidade do homem e à decadência dos tempos. A ciência militar dos katíxias assemelhava-se à sua jardinagem e à sua cartografia — um pequeno repertório de manobras em campo de batalha era inculcado nas tropas e em oficiais subalternos mediante treinamentos, até que pudessem executá-las com precisão repetível, e o domínio desse léxico e de suas combinações era tido como a essência do generalato. Os katíxias consideravam o ápice da estratégia tomar toda a balbúrdia envolta em poeira que se via no campo de batalha e reduzi-la a um quadro de símbolos sobre o fundo de uma grade, do qual era possível inferir uma concisa sequência de movimentos destinados inevitavelmente à vitória.

O chatarang irradiou-se mundo afora a partir do subcontinente e engendrou muitos descendentes — dizem que existem tantas variantes do xadrez quantos são os idiomas indo-europeus. Cumpre ressaltar que era um jogo vastamente popular nas sociedades aqueias da península ática e nas ilhas das Cíclades, culturalmente similares, no século XIII antes de Cristo. A totalidade das fontes materiais para a variante aqueia consiste em dois equipamentos completos para o jogo e três parciais (apenas um deles foi escavado em Quios, conhecida por ser o berço dos maiores mestres de xadrez), uma referência em Hesíodo e um compêndio, que era uma espécie de transcrição rarefeita de uma partida especialmente demorada e difícil.

À diferença da cultura indiana, amadurecida e tolhida por castas, onde o chatarang teve sua origem, os aqueus eram, como sociedade, desesperadamente preocupados com a preeminência do indivíduo. Essa diferença se reflete em seu xadrez — no chatarang original, as peças representam tipos, átomos permutáveis de uma ordenação abstrata, ao passo que no jogo aqueu as peças são guerreiros individuais, com nomes, histórias e idiossincrasias.

O compêndio do xadrez aqueu era o registro de uma única partida longa, que supostamente corporificava tudo o que podia ser dito com proveito sobre o assunto do jogo de xadrez. Em Quios, artífices que almejavam os paramentos de seu mestre de xadrez eram chamados para recitar o compêndio em sua integridade, diante de uma tribuna de juízes que não deixava escapar, e não perdoava, o mais ínfimo erro. Em sua fase primordial, o compêndio era uma transcrição bruta dos movimentos, contramovimentos e contra-contramovimentos, sem pouco ou nenhuma análise ou exposição. Mais tarde, fragmentos de outras partidas clássicas ganharam uma espécie de comentário à parte, supostamente com a finalidade de ilustrar algum princípio do jogo, embora para leitores modernos sua significação possa ser obscura.

A pureza do compêndio se erodiu com o tempo — descrições protocolares foram acrescentadas a título de *aides-mémoire* (peças eram chamadas de ágeis, versáteis, valiosas, no meio da partida, e assim por diante) e, muito provavelmente, a fim de conceder ao recitador uma pausa de descanso, enquanto ele organizava suas ideias. Ao longo dos séculos, os comentários sobre táticas encaminharam-se de maneira gradual para aquilo que outrora tinha sido um relato meramente descritivo.

No século VIII antes de Cristo, o caráter educacional do compêndio estava amplamente atrofiado e a recitação do texto, naquela altura já barrocamente ornamentado, tornara-se um fim em si mesmo. A partir dessa época, o manual, conhecido pelo nome de *Ilíada*, assumiu um caráter essencialmente literário, embora sua natureza original ainda fosse por vezes discernível, digamos, em sua fixação na troca de baixas — Alfa trucidou Beta com sua lança e Gama trucidou Alfa com aquela pedra, e assim por diante, uma despropositada lista de mortes, a menos que saibamos como ler isso na forma de uma sequência sutil de trocas de peças durante uma partida. De maneira similar, o Catálogo das Naus* pode ser lido com proveito como um tratado sobre a disposição das peças na abertura de uma partida.

Embora o livro se torne menos complexo no correr do tempo, as peças conservaram sua característica simplicidade geométrica. Aquiles é representado como um guerreiro alto, frugal, empunhando um escudo e uma lança e, de preferência, entalhado em coral branco. Nestor é um guerreiro recurvado, com duas linhas paralelas cortadas na testa de um rosto oval e, a não ser por isso, isento de feições. A exceção estilística é Odisseu, sempre retratado com um semblante detalhado, naturalista, que sugere mais humanidade e consciência própria do que os rostos lisos e geometricamente regulares de seus pares.

Existe um segundo, e muito provavelmente apócrifo, manual de xadrez aqueu, o registro de um longo e amargo fim de partida, jogado num tabuleiro quase despido de peças. É ainda mais difícil associar esse livro à prática do xadrez do que ocorre com a *Ilíada*, provavelmente devido à corrupção do texto e às numerosas interpolações posteriores. Especulou-se que a Odisseia poderia ser uma espécie de paródia fantástica de um livro de xadrez, um tratado sobre táticas a serem usadas depois que uma partida chegou ao fim e depois que o tabuleiro foi abandonado pelos jogadores, quando as peças afinal se veem entregues a seus próprios caprichos e à entropia. Uma das poucas peças sobreviventes é Odisseu, que se arrasta através do tabuleiro esboroante rumo ao quadrado de seu lar.

* O Catálogo das Naus é uma seção do segundo canto da *Ilíada* que consiste quase inteiramente numa lista das cidades que mandaram naus para Troia e de quantas naus cada cidade enviou.

43. A Odisseia de Alexandre

"No instante em que a proa de sua nau tocou na praia, Aquiles levou o braço para trás e atirou sua lança contra as elevadas muralhas de Troia", recitou Alexandre quando sua nau encalhou na areia e ele atirou a própria lança na mesma trajetória, contra as ruínas esboroantes de Troia.* Seus macedônios saltaram para as ondas baixas da parte rasa da praia, contentíssimos por finalmente poderem travar guerra contra o império cujos movimentos eles e seus pais havia muito tempo observavam com olhar cobiçoso.** Naquela noite, Alexandre e Hefaistíon*** correram até o túmulo de Aquiles, após o que um áugure coroou-os com lauréis e declarou que os dois eram Aquiles e Pátroclo renascidos.

* Alexandre o Grande, rei da Macedônia, recita aqui um verso do canto dezessete da *Ilíada*, da qual ele tinha sempre um exemplar embaixo do travesseiro.
** Em 334 a.C., Alexandre invadiu e conquistou o vasto e claudicante império persa. O mundo grego, que desde muito tempo considerava a Pérsia uma ameaça, encarou a invasão de Alexandre como uma reprise da Guerra de Troia, que naquela altura tinha um milênio de idade.
*** Melhor amigo de Alexandre e seu braço direito.

* * *

Desceram até o comprido vale de Gaugâmela. Uma fita de luz cálida brotou nas montanhas a ocidente e espraiou-se para o leste, primeiro iluminou uma vastidão deserta, feita de capim seco e de lama cortada por rachaduras, depois iluminou as tendas do exército da Macedônia, ofuscando por alguns instantes os olhos de seus sentinelas. A luz derramou-se pela terra de ninguém e depois sobre as hostes persas espalhadas, reluzindo vermelha em seus capacetes, pontas de lanças, cotas de malha e fivelas, como na viscosa superfície de um mar inquieto. Estavam em formação de combate desde o pôr do sol, na firme resolução de seu insone imperador de não serem apanhados desprevenidos. Suas multidões piscavam os olhos incomodadas, enquanto o sol subia à frente delas.

Naquela altura, a maioria dos soldados macedônios estava ativa havia horas, a despeito da ordem que todos tinham recebido para dormirem a noite inteira. Demoravam-se em suas tendas, deitados em suas camas com os olhos fixos em nada, falavam em voz serena com seus companheiros de tenda a respeito de fazendas distantes, de verões antigos e daquilo que o dia podia trazer.

As silhuetas dos oficiais passavam sem ser percebidas, em passos cadenciados, na parede da tenda de Alexandre. Sargentos davam gritos, cavalos distantes relinchavam e homens pediam espadas, mas Alexandre ainda dormia, o braço pesado sobre o rosto, a fim de barrar a luz do sol. Ajudantes de campo cada vez mais inquietos circulavam perto de sua porta. Por fim, seu acabrunhado camareiro, firmemente orientado por Ptolomeu,*

* Amigo de infância de Alexandre e um de seus generais. Em fase posterior de sua carreira, tornou-se faraó do Egito.

entrou e sacudiu-o com delicadeza. Alexandre despertou de pronto, pediu desculpas ao camareiro por ter dormido demais e levantou-se da cama de um salto a fim de lavar o rosto na água fria. A neblina da manhã se havia desfeito no calor e o dia era claro e radiante. Alexandre envergou seu capacete com plumas brancas (o melhor para que amigos e inimigos o localizassem no campo de batalha) e saiu a cavalo para se colocar à frente de suas tropas, quando elas se puseram em forma, em linha de combate, as trombetas ressoaram e os persas avançaram com estrondo ao encontro deles.

Depois de atravessar o rio Ganges, Alexandre proclamou sua intenção de subjugar a Índia, bem como de dobrar à sua vontade também o que mais houvesse além dali, e assim sucessivamente, até o fim do mundo. Seus soldados, no entanto, já haviam acumulado espojos de sobra no saque de Persépolis, já haviam padecido agruras de sobra nas gélidas travessias do Hindu Kush e já haviam granjeado glória de sobra quando destronaram o imperador Dario. Tinham saudades de suas esposas e de suas terras, e não queriam morrer em terras estranhas, onde seus filhos jamais cuidariam de seus túmulos, e disseram que não iriam mais em frente.

Alexandre ordenou-lhes avançar, no bramido peremptório a que estavam acostumados a obedecer. Depois lisonjeou-os, louvou sua lealdade e seu destemor, foi de homem a homem, e sabia o nome de todos, conhecia suas façanhas e seus ferimentos, aqueles cuja vida ele salvara e aqueles que, ao contrário, haviam salvado a vida dele. Só um pouco mais à frente, prometeu Alexandre, e cada homem ganharia um talento de ouro e o mundo inteiro saberia para sempre o que significava ser um macedônio. Em seguida imprecou contra eles, chamou-os de patifes pusilânimes que se sentiam saciados de glória depois de terem expulsado alguns poucos principelhos de suas fortalezas de barro — sem ele, não passariam de reles ladrões de gado. Por fim, disse que se todos seus homens fossem traidores, ele seguiria adiante sozinho e pelo menos morreria com honra, um termo cujo sentido provavelmente eles ignoravam. Deu as costas para os soldados e recolheu-se à sua tenda, onde recusou comida e súplicas. Após três dias, os homens mandaram emissários protestando seu amor, imploraram que Alexandre comesse algo e mantivesse suas energias, de modo que ele, o seu rei, pudesse comandá-los na longa viagem para casa, e Alexandre terminou se comovendo com as lágrimas de seus veteranos.

O leito de morte de Alexandre foi instalado numa tenda à beira de um rio, dentro das altas muralhas da Babilônia. Fora ferido e voltara para a frente de batalha tantas e tantas vezes que chegara a pensar que era imortal, porém agora sabia que estava morrendo. Uma semana antes, houvera uma esperança, mas desde então ele havia se debilitado, embora conseguisse ainda mexer a cabeça e parte do braço esquerdo. Sua esposa Roxane cuidava dele, a flor de sua beleza ainda viçosa, a despeito dos anos ao lado do exército sob o árduo sol do deserto. Em alguns dias os olhos de Alexandre se inundavam de amor, quando ela vinha banhá-lo. Noutros, ele a culpava por sua debilidade.

Alexandre meditava acerca dos mecanismos de sua lenda. Desde menino, almejara ser Aquiles, que jamais conhecera nenhum momento de hesitação nem se intimidara em face da morte, mesmo quando soube que ela avançava célere a seu encontro. Alexandre havia cuidadosamente fomentado sua identificação com aquele herói antigo, organizando suas guerras com um olho voltado para o pitoresco. A corrida em redor do túmulo fora planejada desde a noite estrelada de verão em Atenas, quando ele e Hefaistíon resolveram invadir a Pérsia. Alexandre não havia dormido na noite anterior a Gaugâmela — apenas graças a um enorme esforço de vontade conseguiu se conter e não convocar seus generais para repisarem pela última vez o plano de batalha. De manhã, fingiu dormir além da hora, com o braço dobrado sobre o rosto, respirando fundo e ritmado e de quando em quando simulando um ronco. Na Índia, estivera bem consciente de que suas linhas de suprimento estavam estendidas em demasia, mas quis que dissessem que suas ambições eram ilimitadas e pressionara seus homens pouco a pouco, até conseguir provocar o pacífico motim que desejava.

Eu, pensou ele, sou feito de matéria mais fraca do que Aquiles e, se tenho algo de notável, é minha astúcia. Fiz planos de ser Aquiles e terminei um mero Odisseu, de infinitas artimanhas. Se eu fosse Aquiles, teria morrido jovem e no auge de minha glória, amado por todos e temido por todos, mas como sou Odisseu vou padecer uma velhice interminável e, em sua hora devida, a morte chegará vinda do mar.

Naquele momento, Alexandre detestou seu império, um castelo feito de areia que, ele sabia, não sobreviveria a ele nem por uma semana — seus generais já andavam à sua roda. Alexandre queria voltar para casa, para Pela,* demorar-se nos aposentos das mulheres, ter a mãe afagando seus cabelos, ouvir a risada ecoar nos aposentos de banhos, ver as cobras emergirem de seus relicários para saltarem em busca do leite, com as línguas palpitantes no ar.

Com a sensação de uma profunda revelação, ele antes ouviu do que pensou as palavras: "Odisseu voltou e assim também eu hei de voltar". Viu a si mesmo se erguendo da cama, claudi-

* A capital do reino da Macedônia.

cando rumo à porta e depois caminhando a passos largos junto às ensolaradas arcadas e alamedas da Babilônia, atravessando os portões sólidos com leões entalhados, pelos quais podiam passar dez cavaleiros lado a lado, e por fim em pleno deserto ofuscante, onde mediante a graça dos deuses, que muitas vezes o amaram e agora se apiedavam dele, uma carruagem aguardava para levá-lo através da areia quente rumo ao mar frio e à nau negra, para levá-lo para casa.

Naquela noite ele perdeu o uso da voz, depois da mão, depois dos olhos e depois ele morreu.

Seguiu-se uma grande disputa. Após várias cerimônias fúnebres, seu corpo foi desintegrado e levado num caixão de ouro para o local de seu último repouso, em sua cidade mais famosa, Alexandria do Egito, sob os olhos e o reinado de Ptolomeu.

44. Últimas ilhas

Eu não conseguia pensar em mim mesmo como um velho, porém meu mundo se tornara uma história de viajante. Pensei que seria feliz, com riqueza e terras, filho e fama, mas não fui, por mais que um constante afluxo de visitantes viesse de terras distantes e eles julgassem um privilégio sentar-se à minha mesa e ouvir minhas histórias. Conquanto eu estivesse me aproximando do septuagésimo ano, ia ao ginásio todos os dias, de modo que meus convidados não esperaram até eu ter saído para dizerem: "Será possível ser esse homem aquele que foi Odisseu?".

Às vezes eu me perguntava se aquela atenção era merecida. De todo modo, os bons cidadãos de Ítaca ficavam encantados com minha notoriedade, pois aquilo mantinha as estalagens cheias e os mercados em rebuliço. Um dos albergueiros mais empreendedores disse-me que eu devia cobrar um honorário de meus hóspedes, uma liberdade pela qual Laertes mandaria chicoteá-lo, quando era rei, mas deixei suas palavras passarem em branco.

Certo dia, me dei conta de que havia contado as histórias

do ciclope, das sereias e o duelo com Ajax tantas e tantas vezes que não recordava mais os fatos reais tão bem quanto as repetições e as repetições das repetições, que mediante o acréscimo de detalhes e embelezamentos espúrios haviam, até onde eu sabia, se desviado drasticamente da verdade. Será que eu estava de fato tão esplendidamente seguro de mim mesmo na hora em que o ciclope se empanturrava com meus marujos e saquei a espada para matar a fera, mas me contive no último instante ao me dar conta de que a vitória significaria minha prisão?* Às vezes, em sonhos, meu braço de empunhar a espada perdia o ímpeto ante a visão do gigante que dilacerava e devorava meus homens e eu largava a espada e fugia às pressas para trás dos queijos do monstro.

Exumei meu antigo arco de bronze nos refugos de um depósito. Sob a luz de um archote, ele refletia uma imagem cambiante, algo entre uma mortífera relíquia de família que mandara incontáveis guerreiros para o Inferno e um instrumento cotidiano para se pendurar ao lado dos ancinhos na chácara de um pequeno proprietário rural. Recordei com carinho a batalha contra os pretendentes — meu rancor outrora furioso tinha esmorecido havia muito tempo e todos os anos, no aniversário da chacina, eu sacrificava um carneiro no monte onde eu escavara a sepultura dos pretendentes.

Muitas vezes eu me perguntava o que teria acontecido com Palas Atena. Sua ausência me entristecia e eu não tinha mais certeza de que não a havia imaginado. É improvável que ela tenha sido uma ilusão, eu dizia a mim mesmo. A maior parte dos detalhes de minhas viagens tornou-se vaga, mas jamais esquecerei

* A caverna do ciclope estava fechada com uma pedra enorme que só o gigantesco ciclope tinha força suficiente para mover. Assim, matá-lo significaria a morte lenta por inanição.

a clareza mental que ela me trazia, como um sonho resplandecente, ensolarado.

Certa noite, enquanto eu estava sentado junto à lareira com Penélope, contei a ela que ia partir em viagem ao oriente, possivelmente para fazer incursões violentas, mais provavelmente para visitar velhos amigos. Vi Penélope formular uma objeção (ela sentiria minha falta e achava que eu ficaria mais confortável com ela por perto), dissimulá-la (porque não queria ser ranzinza e achou que teria mais chance de conseguir, por uma via indireta, aquilo que queria), mostrar uma fisionomia sutilmente interrogativa (para evitar pôr a nu suas intenções indiretas com uma franqueza ostensiva) e por fim ver em meu rosto que eu havia acompanhado a sequência de seus pensamentos, o que a fez sorrir. Disse-me para não ficar longe de casa por muito tempo. Respondi que ia tentar e que esperava que dessa feita a casa não estivesse cheia de estranhos quando eu voltasse. Ela prometeu fazer o melhor possível, mas nada poderia fazer contra o poder de sua beleza.

Procurei meus antigos companheiros em suas hortas e chácaras e lhes disse o que estava prestes a ocorrer. Muitos haviam morrido (verti libações de vinho forte e de mel sobre a terra em frente a seus túmulos) e, entre os vivos, a maioria estava alquebrada, porém três dos mais robustos riram ao ouvir meu plano e disseram que nada lhes agradaria mais do que velejar outra vez com seu antigo capitão. Foram buscar espadas que havia vinte anos não eram empunhadas e foram ao porto a fim de supervisionar o carregamento da nau. Os biscateiros que vagavam no atracadouro devem ter sorrido ao nos ver, de barbas grisalhas, nos preparando para a guerra, mas mesmo então continuava a existir em mim algo que os mantinha respeitosos. Rapidamente completamos uma tripulação de jovens que lamentavam a falta de conflitos da época — sua aspiração era ganhar fama, ver o mundo, e esperavam que uma parcela de minha glória respingasse neles.

Só quando erguemos as velas e deixamos o ancoradouro de Ítaca, contei-lhes que iríamos percorrer outra vez o trajeto de minha longa viagem para o lar. Nosso primeiro porto de parada foi Feácea, aonde chegamos após cinco dias de navegação serena. Entramos no porto vazio ao meio-dia. O silêncio era profundo e não ficamos surpresos ao encontrar a cidade abandonada. Árvores jovens cresciam em rachaduras nas muralhas da cidade e os restos apodrecidos de um cais boiavam logo abaixo da superfície da água. Na ilha de quarentena no meio da enseada, havia um hospital de cujos beirais pendiam colmeias de abelhas, e os enxames zumbiam sonolentamente tarde afora. Um pastor estava deitado no capim enquanto seu rebanho bebia num regato que desaguava gorgolejante na praia. Quando o saudei, ele se ergueu de súbito, dirigiu para nós um olhar temeroso e, apressadamente, tangeu suas reses para dentro da mata, com grandes pancadas de seu cajado. Os homens, ávidos como cães de caça, eram todos a favor de perseguir o pastor, mas fui contrário e velejamos para longe.

Depois veio Ogígia, a ilha de Calipso, que parecia ter ficado menor. Caminhei com bastante energia até o topo do monte onde eu passara os dias à espera de que as velas de uma nau cindissem o horizonte (imaginei que estava trinta e cinco anos antes — como seria a sensação de olhar para baixo e ver a nau de Ítaca oscilando nas águas da enseada?). Lembrei-me de ter cortado madeira para construir a balsa que me levaria embora dali e passei as mãos pelo tronco do pinheiro que se mostrara grosso demais para ser derrubado, ainda com a cicatriz dos meus golpes de machado. Desci a encosta e entrei na caverna de Calipso com uma pontada de vaidade — ela continuaria tão jovem como quando eu a vira pela última vez, pensei, e para mim o inverno tinha vindo, porém a câmara baixa, fria, de chão de areia, estava vazia, a não ser pelos ecos do mar. O leito e o tear de Calipso tinham sumido e não havia vestígios da lareira — não restara sequer uma pegada. Era um local tranquilo, mas de algum modo tinha um odor de fadiga e dava uma sensação de abandono. Eu me perguntei para onde ela teria ido, mas não sabia onde procurar.

Depois foi Aiaia, a ilha de Circe, que na época era um matagal e agora continuava um matagal. O canto do lobo pairava no ar do anoitecer e os olhos dos jovens rapazes rebrilhavam enquanto sopesavam suas lanças. Havia vestígios de visitantes recentes — fogueiras frias perto do ancoradouro, pilhas de cerâmica quebrada, lixo no meio dos arbustos. Galguei os montes rumo à morada de Circe sob a luz do crepúsculo, meus homens logo atrás com as armas a postos.

As paredes de sua casa tinham sido queimadas, restaram apenas vigas carbonizadas, pedras do piso e a lareira. Havia nomes brutalmente entalhados nas pedras enegrecidas e o nobre consolo da lareira, de que eu me lembrava, entalhado com imagens de lobos que se tornavam homens e de homens que se tornavam lobos, fora arrancado com violência e levado embora. Olhos verdes e dourados nos miravam de dentro da mata, mas se fecharam um por um quando as estrelas se ergueram no céu, e logo partimos.

Depois veio a ilha do ciclope. Eu esperava que meus homens se mostrassem contrariados por se aventurarem a um local tão perigoso, mas os velhos companheiros encaravam a perspectiva com serenidade e os jovens ficaram encantados por finalmente porem suas vidas em risco. Pus-me de pé na proa com um arco e flecha a postos enquanto guiávamos a nau rumo à praia conhecida. "Duvido que eu ainda seja capaz de acertar o coração de uma gralha", falei para meus amigos, "portanto é sorte que o coração de um ciclope seja tão grande." Enquanto avançávamos com cautela sobre o cascalho da praia rumo à floresta, senti voltar um pouco da antiga vida e quase acertei uma flecha num menino que saiu correndo do meio das árvores. Pesaroso, ajudei-o a erguer-se e a tirar o pó da roupa, e logo ele se recuperou; tinha avistado nossa nau do alto do monte e quisera ser o primeiro a nos saudar; morava numa casa no topo da encosta vizinha, com seu cachorro, seus pais e sua irmã.

Pouco sabia sobre os ciclopes — tinham ido embora quando os primeiros colonos chegaram, exceto um deles, velho e cego, que vivia sozinho em sua caverna desventurada e que morrera de infelicidade pouco depois da chegada dos homens. Para onde eles tinham ido, ninguém sabia, mas não deixaram nada para trás, exceto desenhos nas paredes das cavernas e ossos antigos engastados nas pedras. O menino perguntou se tínhamos ouvido falar das proezas do grande Odisseu, que matara um ciclope em combate singular e que tinha a estatura de um deus. Admiti que ouvira falar daquele habitante de Ítaca, mas que não acreditava em nenhuma palavra de sua história e pedi ao menino que me mostrasse os ossos.

O menino conduziu-nos a um enorme esqueleto engastado na face de um rochedo. O crânio tinha uma única órbita flanqueada por aterradoras presas, com quase a metade do comprimento de seu corpo.* Sua posição era o registro de uma agonia de morte. Minha intenção era ir à caverna de Polifemo, mas descobri que não tinha coragem para ficar no local onde meus homens haviam morrido de maneira tão brutal, portanto voltei à nau e velejei para Troia.

* Em eras pré-históricas, as ilhas gregas foram o lar de numerosas espécies de mastodontes. Embora não tenham sobrevivido muito tempo à chegada dos homens, de fato deixaram registros fósseis, e, de maneira muito interessante, seus crânios (como os crânios de todos paquidermes) têm um aspecto mono-orbital, à maneira dos ciclopes.

Conseguimos avistar aquela cidade na hora imediatamente anterior ao pôr do sol, quando a luz cai em ondas cálidas e torna belo qualquer rosto e comovente qualquer banalidade. As muralhas da cidade eram até mais altas do que eu tinha na memória, com silhuetas sinistras em rondas de patrulha e fogueiras de atalaia acesas em todas as torres. Quando a nau bordejou e entrou na enseada, tive a súbita convicção de que minha hora havia chegado outra vez, que todos os fantasmas de Troia tinham se erguido do Inferno para defender sua cidade sitiada.

Sopesei minha lança nas mãos e fiquei feliz de pensar no contingente dos troianos e no caráter desesperado da batalha rumo à qual estávamos velejando. Senti-me leve e livre — desta vez, pensei, não preciso de artifícios. Os troianos deram um grito e um deles atirou algo. Saltei para o lado e ergui meu escudo — levei um instante para me dar conta de que o bombardeio não era de pedras nem de flechas, mas de pétalas de uma miríade de flores. Quando baixei meu escudo, com as pétalas aderidas à minha armadura como espirros de sangue, os gritos que eu tomara por provocações diluíram-se num coro de boas-vindas. Quando a nau entrou no atracadouro, vi as multidões alegres no cais e ouvi os cantos distantes.

Atracamos entre uma escuna mercante e uma antiga nau de guerra, agora com pinturas joviais, seu aríete serrado e bandeirolas brancas penduradas nas laterais. Em terra firme, vendedores mercadejavam quinquilharias e carne espetada em palitos. Crianças gritavam e os pais compravam doces para elas. Meus homens estavam maravilhados — os jovens mal conseguiram conter a ansiedade tempo bastante para prender as amarras da nau, antes de desembarcarem correndo para comprar bilhetes, ter suas caricaturas desenhadas, falar com as garotas e assistir a espetáculos de fantoches — tive um sobressalto ao ver uma marionete de Ajax trucidando Deiâneira num altar de pranchas de compensado em meio a uma mixórdia de trapos vermelhos esvoaçantes. Meus antigos companheiros desembarcaram da nau mais cautelosamente, no entanto ficaram encantados de dar um passeio pela cidade que havia sido o alvo da ambição durante tantos anos e que eles no entanto jamais tinham visto de fato, pois passaram todo o tempo sitiando a cidade ou incendiando, ou velejando para casa.

Atravessei Troia acotovelado por famílias de todas as nações. Lojas vendiam copos de bebida, estatuetas douradas e restos de armaduras. Havia a praça onde eu aquecera minhas mãos junto a uma fogueira e bebera o vinho de uma patrulha troiana, me fiz passar por um deles e os regalei com minhas mentiras. Havia uma reconstituição da antiga morada de Cassandra, embora eu tenha tido a impressão de que estava na rua errada.

Atores entretinham a multidão imitando gregos e troianos célebres. Contei quatro Aquiles, três Heitores, um Pátroclo, dois Príamos e dois Agamêmnons. Todos tinham uma aparência melhor do que seus originais, salvo os Aquiles, o que imaginei que não podia ser evitado. A multidão abriu espaço para um combate num palco em que um Heitor e um Aquiles fanfarrão estalavam suas espadas de madeira uma contra a outra e esbravejavam insultos, muitas vezes com duplo sentido. (Recordo Heitor e Aquiles lutando ao raiar do dia na terra de ninguém entre a cidade e o acampamento — a atenção, a disciplina e os lampejos de inspiração de Heitor contra o ódio luminoso e implacável de Aquiles. Escolhiam o mesmo momento para parar de atacar e esperar, atentos a qualquer abertura, o espaço vazio e brilhante entre eles bem vívido na repentina imobilidade.) Outro ator passou esbarrando de leve em mim, seu rosto armado num esgar de astúcia cruel, com um arco de bronze de tamanho exagerado na mão, e após um momento reconheci a mim mesmo. Observei o ator subir num estrado elevado a fim de unir-se no palco a uma atriz de peruca vermelha e comprida, que portava uma fisionomia de tristeza beatífica, enquanto fingia tecer.

Quando o sol se pôs, abri caminho à força no meio da multidão para fora dos portões e galguei os montes de onde eu podia avistar a cidade e todos seus arredores. Era o local onde Agamêmnon armara seu acampamento, pensei, e onde se realizaram os jogos fúnebres em homenagem de Aquiles. Aquela faixa de um brilho distante deve ser Escamandro e aquela boca serrilhada nas antigas muralhas derruídas deve ser o portão através do qual introduzimos o cavalo. Falei a mim mesmo: "Devo ter cometido um erro em algum lugar. Devo ter entrado na rua errada, aberto a porta errada, não consegui fazer o sacrifício quando o deus assim o desejava. E agora estou velho e não longe de ser nada, e tudo o que conheci se fez fumaça".

Algo cintilou dourado na poeira aos meus pés. Curvei-me a fim de escavar aquilo da terra e deparei com um disco de metal, um escudo. Pasmo, vi que era feito de ouro, e não só isso, mas também que era o escudo forjado para Aquiles pelo ferreiro divino Hefaísto, que eu ganhara nos funerais de Aquiles e perdera outra vez em minha desastrosa viagem para casa. Era quase pesado demais para levantar, mas o ergui com as duas mãos e examinei sua superfície familiar. Perguntei-me como ele poderia ter voltado para Troia — alguma nereida podia ter achado o escudo nas profundezas, refleti, e o trouxera de volta para que repousasse perto do túmulo de Aquiles.

Eu não conseguia suportar a ideia de levá-lo de volta para Ítaca, para que ficasse pendurado na minha parede juntando poeira, portanto sob a luz do crepúsculo desci até a praia onde todas nossas naus haviam atracado tantas décadas antes e, num repentino acesso de força, lancei-o na direção do mar. Por um momento ele pareceu pairar imóvel no ar e me perguntei se meu gesto havia de algum modo me permitido escapar do tempo, mas então o escudo chocou-se pesadamente de encontro à água, as ondas se fecharam sobre ele e voltei para minha nau com uma luz no coração.

Entre as dunas, erguia-se Atena, que ainda velava por ele da melhor forma possível. Estava aliviada de ver Odisseu velejar de volta rumo a Ítaca, onde, ela sabia, uma morte pacata o encontraria antes de o ano chegar ao fim. Assim como ele, a deusa tinha um coração sereno. Ela sentiu-se grata por os olhos de Odisseu não serem tão aguçados como haviam sido outrora, pela luz ser satisfatória, mas não clara demais, e por ele não ter percebido que o acabamento do escudo era grosseiro, as figuras toscas, e que existiam incontáveis escudos exatamente iguais àquele à venda entre as barracas nas ruínas de Troia.

ESTA OBRA FOI COMPOSTA PELO GRUPO DE CRIAÇÃO EM ELECTRA E IMPRESSA PELA PROL EDITORA GRÁFICA EM OFSETE SOBRE PAPEL SOFT BOLD DA SUZANO PAPEL E CELULOSE PARA A EDITORA SCHWARCZ EM SETEMBRO DE 2011